——キ……ス？
口づけられているとようやく理解して、思考が沸騰した。

三代目《さんだいめ》の嫁《よめ》

妃川《ひめかわ》 螢《ほたる》
ILLUSTRATION：北沢《きたざわ》きょう

三代目の嫁

LYNX ROMANCE

CONTENTS

三代目の嫁

プロローグ

偶然見かけた光景だった。

駅前の商店街と長閑《のどか》な住宅街を繋《つな》ぐ生活道路沿いに建つ保育園。

世知辛い昨今の社会事情から、高い金網に囲まれた運動場には、自分が幼少時に遊んだ記憶のあるジャングルジムや雲梯《うんてい》といった遊具は見当たらず、砂場すらない。

危険を排した結果のこととはいえ、味気ないことだ。昨今はどこの施設でも、こんな環境なのだろうか。

道路向かいに停《と》めた車のボンネットに腰をあずけた恰好《かっこう》で施設の様子をうかがいながら、長身の男は胸ポケットからタバコを取り出し、一本を咥《くわ》えた。火はつけず、タバコの香りだけで我慢する。

環境を考慮して、もう少し田舎の施設を探すべきか。だがそうすると、人目の問題がでてくる。人間関係は田舎のほうが濃い。それは避けたい。

どうしたものかと考えていたとき、その光景は目に入ってきた。

遊んでいた園児が、何に躓《つまず》いたのか、こてんっと転ぶ。

ふえぇ…っと泣き出す声が、届かずとも聞える気がした。

タチの悪い親なら、擦《かす》り傷程度でも怒鳴り込んでくるだろう。保育士の仕事も大変だな……と思って見ていると、ひとりの若い保育士が小走りにやってきた。

一見ボーイッシュな女性に見えたが、男性保育士だとすぐに気づいた。

慌てて抱き起こすでもなく、園児のまえに膝《ひざ》をついて、にこやかに声をかけ、そっと手を差し伸べる。

男なら泣くんじゃねぇ！　と、自分なら怒鳴ってしまいそうだ。

どうするのかと見ていると、なにを言われたのか、園児はえぐっと喘《あえ》ぎながらも、自力で立ち上がった。なかなか根性がある。

がんばった園児の頭を保育士が撫《な》でる。そしてまた、なにやら笑顔で声をかけた。

こくりと頷《うなず》くと、小さな手で涙を拭《ぬぐ》い、園児は遊びの輪に戻っていく。それを見送って、保育士は腰を上げた。

そこへ、今度は女児が三人駆けてきて飛びつく。驚いた顔でそれを受け止めて、保育士は楽しそうに笑った。本当に子どもが好きでこの仕事をしていることがわかる心からの笑みだった。

咥えたタバコが、ポロリ……と落ちる。

「……」

門柱に記された園の名前を今一度確認して、男は携帯端末をとりだした。ワンコールで応じた相手に、短く要件を告げる。

「調べてほしいことがある。ああ、至急だ」

宝物をあずける相手は厳選したい。念には念を入れる。やりすぎて困ることはなにもないはずだ。

1

エントランスに受付係が常駐する高級マンション。

早朝の訪問にもかかわらず、胡散臭《うさんくさ》そうな顔をされなかったのは、先に話が通されていたためだ。

案内されるままに直通エレベーターに乗って辿《たど》りついたのは、最上階のペントハウスだった。

緊張に震える指でドアチャイムを押す。

ややして玄関ドアが開けられ、ぬっと現れた人物の顔を目にした途端、全身が硬直した。

「あ、あの……《浅沼《あさぬま》スタッフサービス》からきました、小早川里玖《こばやかわりく》です。今日からハウスキーパーとしてお世話に……」

首が痛いほどに見上げて、震える声で自己紹介を紡ぐ。

その視線の先では、これまでの人生でお目にかかったことのないほどの迫力を纏った、強面《こわもて》の男性が里玖を見下ろしていた。

「佐伯《さえき》だ」

低く腹に響くような声だった。

サイドが撫でつけられた黒髪に、くっきりとした眉《まゆ》、高い鼻梁《びりょう》とこけた頬《ほお》、なにより見据える眼光の鋭さが、ただひとつの単語しか呼び起こさない。

――ヤ、ヤクザ…っ!?

違うと言われたら、ではどんな職業ならこの風貌《ふうぼう》が許されるのか、教えてもらいたい。それほどに迫力のある、だがまだ若い男だった。自分よりはずっと歳上《としうえ》だが、それでも不惑には届かないだろう。

上質なスリーピーススーツが、纏《まと》う迫力をいや増している。だが、まかり間違っても、企業の重役には見えない。

「入れ」

低い声で命じられて、身体《からだ》が竦《すく》む。動けないでいると、男が苛立《いらだ》たしげな態度をみせた。

「なにをしている。早くしろ」

いつまで玄関先につっ立っているつもりだ？　と睨《にら》まれて、促されるまま男の脇《わき》を通って室内に足を踏み入れた。

「は、はいっ。お邪魔しま…すっ」

空間を贅沢《ぜいたく》に使った玄関は、壁面はすべて収納になっているようだった。置物などの、無駄なものはなにひとつ置かれていない。殺風景にも感じるほどのシンプルさだ。

その廊下を進んだ先、開け放たれたドアの向こうには、広いリビング。こちらも無駄な家具や調度品が一切ないがゆえに、やたらと広く見える。

その真ん中に置かれたソファセットのローテーブルで、床に座り込んで一心にタブレット端末に向かっていた小さな影が、来客に気づいて顔を上げた。

くりっとした大きな目に、ふわふわの柔らかそうな髪、ピンク色の頰、白い肌。聞いていた年齢としては小柄なほうに入るだろう。保育園の制服を着ている。

「和《わたる》、あいさつしろ」

父親の声に、手を止めて立ち上がる。事前に話を聞いていたのだろう、ととっと小走りに里玖の前に立ってペコリと頭を下げた。

「佐伯和です。はじめまして」

大人びた口調に面食らう。躾《しつけ》がよすぎるというか……父親が怖いのかもしれない。

チラリ…と傍らを見上げると、里玖を出迎えた男——この家の主《あるじ》で幼児の父親は、厳しい表情で子どもを見ていた。

「はじめまして。今日からお世話になります、小早川里玖です。仲良くしてね」

床に膝をついて目線を合わせ、あいさつをする。幼児は「はい」と頷いた。

じゃあ、まずは保育園に送っていくところからが仕事はじめだろうか。朝早くに呼ばれたのはそのためだろう。

「保育園には僕のことは――」

話がいってますか？　とつづけようとした言葉を遮られる。

「着替えろ」

「はい？」

二の腕を摑《つか》まれ、引き上げられる。

「奥の部屋に用意してある」

有無を言わさず強引に引きずられて、いったん廊下に出た先、いくつか並んだドアのひとつに放《ほう》り込まれる。

「あ、あの？」

こちらも殺風景な部屋だった。

セミダブルのベッドに、ライティングデスクとドレッサー、一面の壁面収納。

二面に出窓があって、レースのカーテン越しに、朝の陽光がたっぷりと注いでいる。

男が壁面収納を開けると、スーツが一着、ハンガーにかけられていた。ワイシャツとネクタイも揃《そろ》えられている。

「これ……、……っ！」

いったいどういうこと？　と戸惑いを向ける。震え上がるような眼光で返された。

「早くしろ！　和に遅刻させる気か!?」

怒鳴られて、飛び上がる。

「は、はいっ」

着ていたジャケットを脱ぎ、カットソーを脱ぎ落として、ハンガーにかけられたワイシャツに手を伸ばす。視線を感じて、恐る恐る背後に視線をやった。

「あ…の……」

「なんだ？」

「着替えるので、その……」

ひとりにしてもらえないだろうか。男同士だけれど、でも初対面の相手に着替えを見られるのはちょっと……。

「はやく着替えろ」

「……はい」

反論の余地はなかった。首を竦めつつ、かろうじての抵抗で背中を向けて手早く着替える。デニムを脱ぐときに多少躊躇《ため》らったが、えいやっと脱ぎ落とした。貧弱な身体を見られるのが恥ずかしくてたまらない。

サイズが合わないだろうと思ったのに、どういうわけか用意されていたスーツは里玖にぴったりだった。

ネクタイを結ぶのなんて、就職活動のとき以来かもしれない。慣れないからもたついていると、苛ついたらしい佐伯の手が伸ばされた。

「あ、あのっ、すみませ……」

お待たせしてしまって……と首を竦めると、「へたくそだな」と結んだばかりのネクタイを解《ほど》かれる。ワイシャツの襟を立て、手際よく結びなおされた。壁面収納の扉裏につけられた姿見に映すと、紳士服売り場のマネキンがしているかのような、綺麗《きれい》な結び目。

「あ…りが、とう、ございま…す」

ネクタイが美しく結べているだけで、こうも印象が違うのか。

「時間だ」

短い言葉とともに、またも二の腕を摑まれ、さきほどのリビングに連れ戻される。

「荷物……」

バッグのなかに携帯電話も入っているのに……と小声で訴えてみたものの、聞こえないのか、それとも聞き流されたのか。

リビングに戻ると、さきほど遊んでいたタブレット端末を片付けた和が、保育園指定のバッグを肩から斜め掛けにして待っていた。バッグには防犯ブザーが下げられている。もう一本の斜め掛けストラップには、キッズケータイ。

「和、教えたとおりにするんだぞ」

子どもと視線の高さを合わせることもなく、佐伯が言う。和は長身の父親を見上げて、「はい」と頷いた。

そうして、里玖の傍らに歩み寄り、手をとると、ニッコリと微笑《ほほえ》んだ。

「……え？　あの……？」

懐いてくれるのは嬉《うれ》しいが、状況がまったく見えない。目を白黒させるばかりの里玖を見上げて、和がさらに驚きの言葉を放つ。

「急いで、パパ」

入園式に遅刻しちゃうよ、と里玖の腕を引く。

「……はぁ？」

目を丸めて、頓狂《とんきょう》な声を上げるしかなかった。

「入園式って……」

いったいどういうこと？　自分は今日、朝一から保育園児を持つシングルファザー宅に、住み込みでハウスキーパーに派遣されただけのはずなのだが……。

「待ってください。あの……」

自分の仕事は、家主不在の間の子どもの世話と家事一切という契約のはずで……。だが、それを主張できる雰囲気ではなかった。

――怖い……。

佐伯の目が怖い。切れ長の三白眼が睨んでいる。

「下にタクシーを待たせてある」

早く行けと追い立てられる。

行けと言われても、保育園の場所とか時間とか、何も知らされていない。戸惑う里玖の手を、和の小さな手がぎゅっと握りしめてくる。まるで大丈夫だよ、と伝えるかのように。

玄関には、新品の革靴まで用意されていた。里玖のサイズだ。

「連絡用だ。持っていろ」

玄関先で新品のスマートフォンと一緒に渡されたのは、デジタル一眼レフカメラだった。ケータイなら自分のがあります、と返すこともできなかった。

「しくじるなよ」

「……」

たらり……と、冷や汗が頬を伝う。

それはどういう意味ですか？　写真を撮りそこなうなよという意味なのか、入園式というミッションすべてに対してなのか……。

「……はい」

泣きそうな声で頷いて、里玖は、今さっき上がったばかりの玄関を、追い立てられるように出た。

行き先は、タクシーの運転手が知っていた。

保育園についたら、和が自分のバッグから入園式の案内書類を出して渡してくれた。

出迎えた保育士と同級生のママたちの前で、里玖は和の父親を演じるしかなかった。「若いパパね」と言われて、引き攣《つ》った笑みで返す。

——どうしてこんなことに……っ！

胸中で叫んでも、興味津々と囲むママたちの群れが散ってくれるわけもない。

里玖がこんなにパニクっているのに、しゃんっと背筋を伸ばした和は、まったく落ち着き払っていた。

ヤクザの子は、こんなに度胸が据わっているものなのか。

見かけはまったく似ていない親子だが、将来の大物ぶりを見た気がして、里玖はますます困惑を深める。

——伯母さまのバカっ！　こんな話聞いてないよ！

人材派遣会社を営む伯母への罵声《ばせい》を胸中で轟《とどろ》かせながら、式次第が進むのをじりじりと待つよりほかなかった。

たった数時間で、数年分の気力を使い果たした気がする。

小早川里玖は、大学卒業後、幼いころからの念願だった保育士の職についた。

ひとりっ子だったため、幼いころから兄弟の存在に強い憧《あこが》れがあり、近所の小さい子どもたちの面《めん》倒《どう》をよくみていた。

子どもが好きで、それだけで、選んだ仕事だったが、人一倍勉強をして、さまざまな資格もとって、真摯《しんし》に勤めた三年間だった。

子どもたちに好かれていた自負はある。父母からも信頼してもらえていたと思う。

だが世の中には、他人の努力や評価を嫉《ねた》んだり、自分の失敗を他人になすりつけたりすることを、恥ずかしいと思わない人間が存在する。

そうした同僚に陥れられた結果、里玖は職を失った。

きっかけは、ひとりの園児が怪我《けが》をしたことだった。

その場に里玖はいなかった。具合の悪い子どもに付き添って、救護室で親の迎えを待っていたのだ。

怪我をしたのは里玖が受け持つクラスの子どもだった。だが、里玖ひとりで担当していたわけではなかった。まだ若い里玖は複数いる担任のひとりでしかなく、子どもが怪我をしたとき傍《そば》にいたのは、里玖より経験豊富なふたりの女性保育士だった。

そのうちのひとりが、園長の娘だったことが、里玖の不幸のはじまりだった。

ようは責任をなすりつけられたのだ。

しかも、怪我をした子どもの親からは法外な治療費を請求され、唖然呆然《あぜんぼうぜん》としている間に免職に追い込まれた。

たしかに、里玖も怪我をした子どもの安全に責任を負う立場にあるひとりだ。その場にいなかったとはいえ、クラスを担当していたのだから、責任逃れをするつもりはない。

だが、里玖ひとりが責任を負わされ、免職に追い込まれたとなったら話が違う。

しかも、本来園が負うべき治療費の請求が里玖個人に対してなされ、無責任な噂《うわさ》を流されて、近隣の施設では働くこともできなくされてしまった。

自分たちが里玖に対してしたことをバラされまいとしての行動だろう。

結果として、怪我をした子どもの父母に対してのいいわけの機会すら与えられず、諸々と全責任を負うよりほかなくなった。

里玖から話を聞いた、もはや唯一の肉親である伯母は「お人好《よ》しにもほどがあるでしょ！」と憤慨したが、子どもたちの心の傷を思えば、争いごとを大きくすることも気が咎《とが》めて、貧乏籤《くじ》だとわかっていながら、すべてを呑《の》み込むよりほかなかったのだ。

高校大学時代に相次いで両親を亡くして、その後は母方の伯母が親代わりとなり、なにかと面倒をみてくれた。

亡母の歳の離れた姉である伯母は、バツ三独身のパワフルな女性起業家で、六十代ながら見た目は十歳以上若く見える。

その伯母が人材派遣会社を営んでいなかったら、里玖は路頭に迷っていただろう。

理不尽に免職に追い込まれ、法外な治療費を請求された結果、借金まで背負わされた甥《おい》っ子の鈍臭さに呆《あき》れた顔をしながらも、ひとまずは自分の所にくればいいと言ってくれた。

借金清算のために、里玖の両親が残した家は賃貸に出し、里玖には条件に合った住み込みの仕事を紹介してくれたのだ。

幼稚園教諭と保育士の資格が活《い》かせて、できれば住み込み、それが無理なら三食つき、長期の契約で雇ってくれるところ、というのが里玖の出した条件だった。

そこへ伯母が、栄養士と食育アドバイザーと薬膳《ぜん》調理師の資格所持を売り文句にプラスして時給単価を上げ、里玖を自身の会社に登録した初日に好条件の仕事が舞い込んだのは、本当にラッキーなことだった。

依頼主は子持ちのシングルファザーで、この春から保育園に通う男児とふたり暮らし。仕事で留守の間、子どもの世話と家事のいっさいを頼めるのなら、提示額の十倍払ってもいいという太っ腹。その代わりに、住み込みが必須条件とされていた。

里玖が飛びつく前に、提示額の十倍に目が眩《くら》んだらしい伯母が、即答で依頼を受けていた。

伯母らしいと苦笑したものの、里玖に異存があるはずもなく、好条件の仕事を見つけてくれた伯母に礼を言って、今朝ボストンバッグひとつを手に伯母のマンションを出てきたのだ。

よもや、こんな事態が待ち受けているとは思いもよらなかった。

人材派遣会社側で、依頼主の身辺調査などするはずがない。だが、顔を見てわからなかったのだろうか、ヤバイ相手だと。

断りたい。

でも、聞き入れてもらえる気がしない。

うまい話には裏がある。

世間の常識を、今更ながらに学ぶ。

理不尽に職を失い、借金を背負わされたばかりだというのに、学習能力がないにもほどがある。

保育所をクビになったときに言われた、「鈍臭いにもほどがあるわね。いったい誰に似たのかしら？」と呆れた伯母の声がリフレインする。

そうは言われても、もはやこの性格は直しようがない。

入園式の間、式次第を右から左に聞き流しながら、ともかく必死にカメラのシャッターを切りつづけていた里玖は、その後のオリエンテーションが終わったときには、心身ともに疲れ果て、もはやなにも考えられなくなっていた。

帰りはどうするのかと思ったら、朝と同じタクシーの迎えが手配されていた。

まっすぐに帰宅して、ようやくひと息と思ったものの、そうは問屋が卸さなかった。

仕事に出かけたとばかり思っていた佐伯が出迎えたのだ。

「ただいまもどりました」

和が幼児らしからぬあいさつをする。

「おかえり」

息子を出迎えるのに、笑顔のひとつもない。この強面で微笑まれても、それはそれで怖いけれど。

「ただいま戻りました。あの……お仕事ではなかったのですか？」

抜けられない仕事があるから、里玖に代わりに入園式に行かせたのではなかったのか？

「早くに終わったから戻ってきただけだ」

「そう…です、か」

話がつづかない。ただでさえハウスキーパーなんてはじめてなのに、いったい何をどうしていいのかも不明だ。

はたと思い出して、朝渡されたカメラを差し出す。

「写真、撮ってきたんですけど、うまく撮れているかどうか……」

しくじるなよ、と言われた。

どんなレベルの写真なら許されるのだろう。

「かせ」

大きな手を伸ばされて、その手に触れないように注意しながらカメラを返す。触れたら睨まれるような気がしたのだ。

「ど、どうぞ」

里玖から受け取ったカメラを操作して、それからソファのローテーブルの上の超薄型ノートパソコンに顔を向ける。どうやらＷｉ－Ｆｉ経由で写真データを転送しているらしい。

ピントのぼけた写真ばかりだったら怒鳴られる程度では済まない気がする。カメラのディスプレイで確認してはいるものの、引き伸ばしたときにどうかはわからない。

――怒らせちゃったらどうしよう……。

やっぱり今回の話はなかったことに……と、持ちかけたいものの、タイミングが摑めない。

「コーヒーを頼む」

「え？」

緊張のあまり、聞き逃してしまって、苛立たしげに返された。

「コーヒーだ」

「は、はいっ」

先ほどの部屋に飛び込んで、慌てて朝着てきたものに着替え、荷物から引っ張り出したエプロンを身につける。

脱いだスーツ一式は皺《しわ》にならないようにハンガーにかけ、ワイシャツはあとで洗濯するためにたたんでおいた。

それにしても、どうして自分のサイズにピッタリのものが用意できたのだろう？　と首を傾《かし》げて、それどころではないと思い直す。

大慌てでリビングダイニングに戻って、つづきのキッチンに飛び込んだ。

壁面に沿ったL字型の広い作業台にキャビネット、ビルトインタイプのオーブンがふたつと業務用の食洗機。横幅のあるアイランドキッチンにはフラットタイプのガスコンロが五口もあって、大理石の天板はパン生地をこねるのに最適だ。

料理好きな主婦が見たら垂涎《すいぜん》ものだろう充実ぶり。

「キッチン、使わせて——」

いただきます、とつづけるまえに「好きに使え」とぞんざいに返される。パソコンで写真のデータをチェックしている佐伯は、こちらを振り返りもしない。

コーヒーメーカーとエスプレッソメーカーは作業台の片隅に置かれていた。

ほかにもハイパワーブレンダーやフードプロセッサーなど、充実したキッチンツールがそろっているものの、いずれも新品のまま使われた痕跡《こんせき》がないように見えた。

収納をひととおり漁《あさ》って、コーヒーとコーヒーカップを探しだす。

セッティングをしていると、保育園の制服から部屋着に着替えた和が自室から戻ってきた。朝も使っていたタブレット端末を手にしている。

「和くん」

呼びかけると、「はい」と応じて、小走りにやってくる。目線を合わせるように膝をついて、「喉《のど》かわかない？」と声をかけた。

「お父さんにコーヒーを淹《い》れるんだけど、和くんは何がいい？　紅茶？　ジュース？　それともココアがいいかな？」

キッチンの棚に、有名ブランドの紅茶缶と並んで、ココア缶も数種類、未開封のものを見つけたのだ。ジュースも、オーガニック認証マークつきのパックのものが各種そろっていた。

「……」

里玖の顔をじっと見上げていたかと思ったら、和はいったん瞳《ひとみ》を伏せ、声のトーンを落とす。そして、「ココアがのみたい」と、遠慮がちに返してきた。

――……？

「ココアだね。ちょっと待っててね」

お父さんと一緒に待ってて、と頭を撫でると、驚いたように大きな瞳を上げて、それからコクリと頷いた。

「はい」

ソファのローテーブルでパソコンに向かう佐伯のところへ小走りに駆けて行って、隣にちょこんっと腰を下ろす。そしてタブレット端末のロックを解除した。どうやら学習ソフトアプリを立ち上げているようだ。

その和にチラリと視線を向けたものの、佐伯は言葉をかけるでもなく、すぐにパソコンに意識を戻してしまう。

なんだか奇妙な親子だな……と思いながら、里玖は湯を沸かし、コーヒーとココアの準備に取り掛かった。

佐伯はブラックで飲みそうだけれど、念のためシュガーポットとミルクピッチャーを用意する。和のためのココアには、ホイップした生クリームを飾った。

薫り高いコーヒーと甘い香りのココアをトレーに載せてふたりの待つリビングへ。

「お待たせしました」

まずは佐伯の傍らへコーヒーカップを滑らせ、シュガーポットとミルクピッチャーを添える。次いで和の前に、ココアのマグカップを木製のスプーンとともに置いた。

和の目がゆるり……と見開かれる。言葉がなくても伝わる。大きな目がキラキラしている。

「美味《おい》しいといいけど」

熱いから気をつけて、とスプーンを握らせる。和はコクリと頷いて、まずはホイップクリームを掬《すく》った。

「おいしいです」

ゆるめにホイップしたクリームを口に運んで、大きな瞳を縁どる長い睫毛《まつげ》を瞬《また》く。

「ホント？　よかった！」

ようやく少し子どもらしい表情を見せてくれた気がして、里玖も嬉しくなった。

視線を感じて顔を上げると、佐伯がじっとこちらを睨んでいる。里玖がビクリ！　と肩を揺らすと、どこか気まずげに佐伯は視線を外した。

「あ、あの……コーヒーの味はいかがですか？」

「味？」

「その……濃いとか薄いとか……」

好みがわからなかったから、一般的な濃さで淹れたのだが、果たして口に合ったのか。無反応が一番怖い。

すると佐伯は少し考えて、「薄い」とひと言。だが、それ以上の文句は紡がれない。

「次はもう少し濃いめに淹れます」

思わず肩が落ちた。

が、めげずに本題を持ち掛ける。

「お昼ご飯のリクエストはありますか？」

ふたりがコーヒーとココアを飲んでいる間に、ランチの準備を済ませてしまおうと考えたのだ。

さきほど確認したら、冷蔵庫の中身は充実していて、和洋中、なんでもつくれそうなほど。冷凍庫にも、保存がきく食材が詰め込まれていた。

「和、食べたいものを言え」

佐伯が、スプーンでココアを掬って飲む和に話を向ける。困惑げに瞳を瞬《しばた》かせる和に、里玖は「好きなものはある？」と尋ねた。

本格的なフレンチやイタリアンと言われたら困るが、家庭料理ならだいたいなんでもつくれる。

父親と里玖の顔を交互に見やって、しばらく考えたあと、和は「ハンバーグ」と答えた。「チーズのせようか？　それとも目玉焼きがいいかな？」と尋ねると、「チーズ」と答える。それに頷いて、里玖は佐伯に「同じものでいいでしょうか？」と確認した。

強面のヤクザがハンバーグを食べている姿など想像がつかない。そんなものが食えるか！　と言われたら、何か別のものを提案しようと思っていた。だが、「同じものでかまわん」と、そっけなく返される。

興味がないだけなのか、怒っているのか、わからない。顔は怖いし、口調はきついし、かといって怒鳴られるわけでもないし……。

とりあえず、目先の家事を終わらせなければ、伯母に電話もできない。

冷蔵庫から必要なものを取り出し、スパイスや調味料がそろっていることも確認して、調理にとりかかる。

ひき肉ではなく、塊の牛肉と豚肉を使い、フードプロセッサーで食べる分だけひき肉状にする。パン生地も捏《こ》ねられるハイパワーの機種だからできることだ。

基本のハンバーグは同じだが、佐伯のためにスパイシーなサルサソースを添えることにした。グリル野菜とカリフラワーのポタージュ、炊き立てのご飯も用意する。

ダイニングテーブルは四人掛けで、ひとつの椅子《いす》には高さ調整のための子ども用のクッションが置かれていて、ここが和の定位置なのだと知れた。

収納の奥から、使われた痕跡のないランチョンマットを引っ張り出してきて、テーブルセッティングをする。

和の席の向かいと隣に大人用のカトラリー類のセッティングをして、佐伯がどちらに座ってもいいように備えた。直接確認すればいいことなのだが、また睨まれるのが怖くて、極力会話をしなくてすむように考えた結果だ。

丸皿に型抜きしたライスとハンバーグ、グリル野菜を盛りつけ、カリフラワーのポタージュは取っ手つきのスープカップに。ソースはピッチャーに別添えにして、テーブルの中央に置いた。

こういう小洒落《こじゃれ》た盛りつけを男性は敬遠する傾向が強いけれど、きっと和は喜んでくれると思う。佐伯に文句を言われたら、夕食から方向性を変えればいい。

「お食事の準備が整いました」

声をかけると、まずは和がタブレット端末から手を放す。次いで佐伯もノートパソコンを閉じた。

和が自力で椅子に上がろうとするのに里玖が手を添えようとすると、「手を貸さないでくれ」と佐伯に遮られる。

「あ……すみません」

教育方針は親によって考え方が違う。里玖は補助が必要だと思ったが、佐伯は手助け不要と考えているようだ。大丈夫だろうかと見ていると、里玖は少し難儀しながらも自力で椅子に腰かけた。

その向かいの椅子を佐伯が引く。どうやらここが佐伯の定位置のようだ。

和はまだ保育園に上がったばかりの年齢だが、食事の面倒はどうしているのだろう。まったく手を貸さないのだろうか。

「わ……すごいや……」

並べられた料理を見て、和が感嘆を零《こぼ》す。だが、子どもらしく歓声を上げるわけではない。とてもおとなしい反応だ。

「和くんの口に合うといいけど」

里玖は和の隣の席を使わせてもらうことにした。佐伯の隣というわけにはいかないし、里玖の面倒もみやすい。

「いただきます」

佐伯が手を合わせるのに倣って、和も「いただきます」と小さな手を合わせる。佐伯の強面さえ目に入らなければ、ひじょうに微笑ましい光景だ。里玖も「いただきます」と手を合わせ、箸《はし》を手に、ふたりの反応を待った。

子ども用のナイフとフォークを手にした和は、手伝ったほうがいいだろうかと見守る里玖の心配をよそに、上手にカトラリーを使い、ハンバーグを頬張る。大きな瞳がさらに大きく見開かれ、傍らの里玖に訴える顔を向けた。

ちゃんと咀嚼《そしゃく》してから、「おいしいです！」と笑顔を見せる。

「よかった！　失敗してたらどうしようって、心配だったんだ」

佐伯からの反応はない。見ると、ただ黙々とナイフとフォークを動かしている。箸も用意してあるが、佐伯はナイフとフォークを器用に使う。豪快な食べっぷりだが、食べ方が綺麗なためか見ていてとても気持ちがいい。

「おかわり、ありますので」

声をかけても、佐伯は頷きもしない。ただ黙々と食事をつづけるのみだ。

「和くんも、たくさん食べてね」

小さな頭がコクリと振れた。

和の満足げな顔を見ていたら、ようやく自分も空腹を覚えて、料理に箸をつける。

里玖がハンバーグにサルサソースをかけるのに、和が興味津々の視線を向ける。

「ちょっと辛いけど、食べてみる？　少しだけね」

和はコクリと頷いた。

フレッシュなトマトの部分を掬って、ハンバーグの端に少しだけ添えてやる。それほど辛くはしていないつもりだが、刺激物は慎重に与える必要がある。

和は恐る恐るといった様子でサルサソースのかかったハンバーグを頬張った。

「……！　おいしい！」

驚いた顔で里玖を見やる。はじめて口にする味だったようだ。もっと欲しいという顔をするので、また少しだけかけてやった。

「たくさん食べてお腹《なか》壊すといけないから、今日はこれだけね」

そうして和に構いながら、自分も食事を進める。

佐伯の皿が綺麗に平らげられていることに気づいて、「おかわり、いかがですか？」と尋ねると、今度は頷いた。

新しい皿に先ほどと同じ盛りつけをして、おかわりを給仕する。今度もまた、佐伯は黙々と食べ進めた。

「お夕食のリクエストもあれば、おうかがいしておきたいのですが……」

食後のお茶を出したタイミングで、今なら佐伯の機嫌も悪くないだろうと尋ねてみる。

「和に聞け」

返されたのは、またも愛想のかけらもない短い応《いら》えだった。もう少し言い方というものがあるだろうに！　と、ヤクザに文句を言う勇気はない。

里玖が視線を向けると、両手で支えていた湯呑《ゆのみ》をテーブルに戻して、和は思案の顔。やや
して、また実に子どもらしい答えが返された。

「オムライスが食べたいです」

こちらもお子様メニューの定番だが、佐伯も同じものでいいのだと判断する。

「いいね。じゃあ、スープとサラダもつけちゃおうかな」

里玖の提案に、和はぱあぁ…っと顔を綻《ほころ》ばせた。「はい」と頷く。

ゆっくりと昼食をいただいていたら、意外と時間がすぎていた。業務用食洗器のパワーとスピードに驚きながら手早く片付けを済ませ、和に歯磨きをさせる。

今朝できなかった掃除をするべきか、洗濯をしようかと考えていたら、佐伯に呼ばれた。

朝、連れられた部屋に案内されて、「好きに使え」と言われる。「必要なものがあれば揃えさせる」とも言われて、里玖は恐縮した。

「寝るところだけあれば……」

というか、今日で終わりにさせてもらいたい。

早く伯母に電話して、今後のことを相談しなくては。

佐伯がデスクの引き出しを開けると、薄型のノートパソコンが収められていた。リビングで佐伯が使っていたのと同じ最新モデルだ。「設定はすんでいる」と言われても、里玖には無言で頷く以外に反応のしようがない。

スーツが吊《つ》るされていた壁面収納の隣、もうひとつの扉を開けると、そこにはリネン類が収められていて、こちらも好きに使っていいと言われた。いずれも新品だ。

そのなかに真っ白なフリルのエプロンをみつけて、もしかしてもともとは和の母親が使っていた部屋なのだろうかと疑問が浮かぶ。だとすると、自分が使うわけにはいかない。

「あの……この部屋、以前は奥様のお部屋だったのでは……？」

佐伯の三白眼が眇《すが》められる。そんな表情をされると、こちらは冷や汗しか出ない。

余計なことを聞いただろうかと首を竦めていると、「おまえのための部屋だ」とぶっきらぼうに返される。「気に入らないか？」と訊《き》かれて、青くなった。

「い、いいいいいいえっ、とんでもないっ」

顔の前で両手をあわあわと振って、必死に否定する。佐伯はわずかに眉根を寄せたものの、それ以上は何も言わなかった。

「あの、じゃあお洗濯しちゃいますので、洗い物があれば出してください」

さきほど脱いでたたんでおいたワイシャツを取り上げる。すると今度は「クリーニングに出せばいい」と言われてしまう。

「……」

それではハウスキーパーを雇う意味がないのでは……？

ワイシャツはクリーニングに出したほうが仕上がりが綺麗だという意味か？　そう言われてしまえば、自分のアイロンがけなど素人仕事でしかないけれど。

雇い主の希望に否とも言えず、「わかりました」と応じる。

「では掃除を――」

これだけ広いマンションだから掃除のしがいもある。掃除道具は納戸か家事部屋に置かれているのだろうかと尋ねると、佐伯は無言で、部屋の片隅に置かれた掃除ロボットを作動させた。

「……」

円盤型の掃除機が、フローリングの床を走りはじめる。

掃除も機械まかせにすればいいということか？　それだけで足りるとは思えないが……。

では自分はなにをしたら？　と途方に暮れながら、里玖は傍らの男を見上げる。見下ろす視線とかち合ってしまって、ビクリッと肩を揺らした。

視線を逸《そ》らすのも怖くて、固まったまま男の顔を見上げる。

そして気づいた。

——結構……ハンサム？

とにもかくにも目つきが怖いから、強面の印象ばかりが先に立つが、よくよく見ればかなりの二枚目だった。目つきの悪さに加えて長身で体格がいいのも相まって、より悪人顔に見えるのだ。

もう少しにこやかにしてくれたら印象も違うのに……と思ってしまう。笑ったら、それはそれで怖いかもしれないけれど。

「えーっと……、では僕は何をしたら……」

ハウスキーパーとして雇われたのに、暇を持て余すなんてありえない。夕飯の準備にとりかかるのは早すぎるし、殺風景な部屋は片付ける物すらないし、あとできることといったら……。

「和の話相手をたのむ」

不在中ならともかく、親が在宅しているのに、子どもの相手をハウスキーパーに頼む？　仕事を持ち帰ってでもいるのだろうか？　早く終わったと帰宅時に聞いた気がしたが……。

いろいろ首を傾《かし》げたい気持ちに駆られながらも、里玖は「わかりました」と頷いて、和の待つリビングに戻った。

佐伯はどうするのかと思ったら、さきほどまでと同様、ソファに座ってパソコンを開く。その隣で、和は無心にタブレット端末に向かっている。

何をしているのかと覗《のぞ》き込むと、幼児向けの英語教材だった。クイズ形式で英単語を覚えるためのものだ。見ていると、すべて正解している。もう少し難易度を上げてもいいようだ。

「いつもこのアプリでお勉強してるの？」

隣に座って尋ねる。和は、タッチペンを握る手を止めて、里玖を見上げた。

「これとこれとこれも」

英語学習ソフトのほかに、日本語と算数と総合的な知育ソフトもダウンロードされていた。

「さわってもいい？」

確認すると、和はタブレット端末とタッチペンを差し出してくる。保育園勤務時代に使っていたアプリの名前を思い出して検索にかけ、該当のものをいくつかダウンロードした。

そのうちのひとつを立ち上げて、タブレット端末を和の前へ。里玖が選んだのは、親子で一緒に楽しみながら学べるタイプの学習アプリだった。

「一緒にやってくれる？」

里玖が尋ねると、和は大きな目を数度瞬いて、それからコクリと頷く。白い頬がうっすらと紅潮していた。

和と肩を寄せ合って、ポップなイラストで展開されるゲームに取り組む。和はかなり頭の回転のいい子のようで、すぐにコツを摑んでしまった。気を抜くと、こちらが負けてしまいそうだ。

はじめは傍らの佐伯に遠慮して声を潜めていたのだが、熱中するうちに声が高くなり、気づけば和とふたり声を上げて笑っていた。

「うそっ、負けた～」

「やった！　ボクのかちだよ！」

子ども相手だからと手を抜いたつもりはなかったが、侮っていたかもしれない。こういうときに手を抜くと、子どもには伝わる。本気で向かわないと、子どもはすぐに飽きてしまう。

「もう一回！　次は負けないから！」

「いいよ」

和と笑い合いながらゲームに興じた。

何度か勝負して、勝敗はフィフティフィフティ。最後の一戦は、和の勝利で終わった。

「すごいね、和くん」

膝に抱き上げて頭を撫でると、気恥ずかしそうに長い睫毛を瞬く。白い頬を紅潮させて、里玖のエプロンの胸元に、きゅっとしがみついてきた。

「次は何して遊ぶ？」

「えっとね……」

学習ソフトで遊ぶのもいいが、もっと素朴な遊びもいい。積み木とか折り紙とか、あるいはお絵かきとか。

「おもちゃ箱は――」

夢中になって和と遊んでいた里玖は、ふいに視線を感じて顔を上げた。パソコン仕事をしているものとばかり思っていた佐伯が、じっとこちらを見ている。

眇められた眼光にビクリッと肩を揺らしながらも、里玖は尋ねた。

「う、うるさかったでしょうか……」

膝の上の和をぎゅっと抱いてしまったのは、単純に怖かったから。

保育園勤めの間に、近隣住民からのクレーム対応の経験がある。その大半が騒音問題だった。我が子の声は騒音ではないだろうが、一緒に騒いでいた里玖の声は騒音だったかもしれない。

里玖の言葉に眉根を寄せながらも、佐伯は「気にするな」と言う。そんな反応をされては、気にするなと言うほうが無茶だ。

和を抱っこした恰好で里玖が固まっていると、腰を上げた佐伯が、壁面収納のひとつを開ける。その奥から底に車輪のついた大きなストレージボックスを引き出して、「足りないものがあれば言え」と里玖に視線を寄越《よこ》す。

抱いていた和を降ろして箱ににじり寄ると、なかにはさまざまな知育玩具《がんぐ》が詰め込まれていた。

白木の風合いを活かした木製のパズルや積み木のセット、トランプやカード類、スケッチブックが数冊と百色そろった色鉛筆、最近注目されている野菜で色をつくったクレヨンまで。

ほかにも、ぬいぐるみやラジコンカー、色とりどりの粘土に、昔懐かしいおはじきやビー玉なんてものまである。

ありとあらゆる子どものおもちゃが詰め込まれている印象だ。――が、そのどれもが新しく、大半が未使用に見えた。

「すごいねー、和くん！」

どれで遊ぶ？　と話を向けると、和は戸惑ったように父親を見上げ、それからおもちゃ箱に視線を落とす。

――……？

和の視線に気づいていながら、佐伯は何も言わない。それどころか、ふいっと視線を逸らしてしまう。いったいどういう親子関係なのだろうかと疑問に感じた。

「お絵かきする？　トランプもいいね」

和の意識を遊びに向けようと声をかける。

和が手にとったのは、恐竜のかたちを模した木製の立体パズルだった。様々な形のパーツを組み立てると恐竜が出来上がるもので、すでに組みあがった状態でおもちゃ箱に納められていた。

「こっちにも恐竜がいるよ」

和が手にとったのはティラノサウルスを模したパズルだったが、里玖が見つけたのはトリケラトプスを模したパズルだった。二本の大きな角が特徴的に表現されている。

やはり男の子。こういったものに興味があるようだ。

「パズルに挑戦してみる？」

里玖が誘うと、和がコクリと頷く。二種類の恐竜のパーツが混じらないように注意しながら、里玖がパーツをバラし、和が組み立てていくことにした。

タブレット端末で遊んでいたときにも思ったとおり、和はとても頭のいい子で、さほど迷うことなく立体パズルを組み立てていく。二体が組み上がるまでに、里玖がヒントを与えて手伝ったのは、ほんの数か所だった。

途中、タブレット端末のカメラ機能を使って、パズルに夢中になる和を撮影した。それを見ていた佐伯が、入園式に持って行ったデジタル一眼レフカメラを持ち出してきて、里玖に差し出す。

「お父さんが撮ってあげてください」

子どもは親が撮影するのが一番可愛《かわい》く撮れるものだ。

「それ、動画も撮れるやつですよね。撮ってあげてください」

そういえば、入園式の写真はどうだったのだろう。まともに撮れていただろうか。撮るのに必死で、確認している余裕がなかったのだ。万が一失敗していたら、佐伯なら鬼の形相で文句のひとつも言いそうだ。何も言われないということは、大丈夫だったと思っておこう。

「和くん、パパに撮ってもらおう」

出来上がった恐竜の立体パズルを抱えた和を膝に抱き上げて、佐伯の手にするカメラを指差す。

和は不思議そうな顔をして里玖を見上げ、それからカメラのファインダーに顔を向けた。そのタイミングをはかったかのように、佐伯がシャッターを切る。

「もっと笑って」

和の頬をつつき、脇を擽《くすぐ》る。

「わ……わわっ」

驚いた和は飛び上がって、それからきゃっきゃっと笑い転げた。

「お兄ちゃん、くすぐったいよっ」

「あははっ」

里玖も一緒に笑う。子どもと過ごすのは、本当に楽しい。

そんなふたりに、佐伯がカメラを向ける。それに気づいて顔を上げた里玖は、無意識にもニッコリと微笑んでいた。

ディスプレイを覗き込んでいた佐伯が眉を顰《ひそ》める。自分がカメラ目線でも意味がない。里玖は慌てて和をカメラに向けさせた。

三時には、和と一緒におやつをつくった。キッチンのストックにあったクラッカーとマスカルポーネチーズを使って、プリンカップに詰めていくだけの簡単なティラミスをつくったのだ。

佐伯のためにはエスプレッソを淹れて、和にはノンカフェインのルイボスティー。

そうして過ごすうちに、半日はあっという間に過ぎた。

和に新しい学習アプリの使い方を教えて、和がそれに夢中になっている間に夕食の準備をする。

リクエストのオムライスにミネストローネ、シーザーサラダ。

佐伯は晩酌をするだろうと思い、レバーパテとチーズの盛り合わせ、瓶詰めのオリーブを前菜としてテーブルに出した。思ったとおり、佐伯はワインクーラーから一本を取り出し、グラスをふたつ用意する。

オムライスは、最近多いトロトロ卵にデミグラスソースをかけるタイプではなく、卵で包んでケチャップをかける洋食スタイル。でも、表面以外の卵はとろりと半熟で、手前味噌《みそ》ながらチキンライスと絡むと絶妙の味だ。実はオムライスには自信があった。

和には、オムライスとサラダとスープを、ひとつのプレートにお子様ランチのように盛りつけた。ケチャップで和の名前を書き、爪楊枝《つまようじ》とクラフトテープで簡単に作った旗を立てる。

和は、飾られた皿を見て目を輝かせた。

「冷めないうちにいただきましょう」

和と一緒にいただきますをして、スプーンを取ろうとしたら、佐伯にワインを勧められた。レバーパテとチーズに合う赤ワインだ。

「僕、あまり呑めないので……」

断るのも角が立つと思い、少しだけと断ってご相伴にあずかることにする。

「いただきます」

佐伯と軽くグラスを合わせて、芳醇な香りのワインをひと口。

「美味しい……！」

これまでに呑んだワインのイメージが一新する美味しさだった。何が違うのかアルコールに詳しくない里玖にはわからないけれど、すごく呑みやすくて美味しいワインだった。

「こんな美味しいワイン、はじめてです！」

「気に入ったのなら良かった」

佐伯が満足げに口角を上げる。そういう顔をすると、実は二枚目なのがよくわかる。

「眉間《みけん》の皺、ないほうが素敵ですよ」

言ってしまったあとで失言だと気づき、青くなって「なんでもないですっ」と誤魔化す。

佐伯は怪訝《けげん》そうな顔をしたものの、指摘はしなかった。聞こえていなかったのなら幸いと、和に意識を向けた。

「どうかな？」

和の期待に応えられただろうか。

「おいしいです！」

大きな目がキラキラしている。

「和くんは、こういうオムライスと、トロトロのと、どっちが好き？」

和は少し考えて、「どっちも！」と答える。

「じゃあ、次はトロトロのにするね」

「はい！」

和は嬉しそうにコクリと頷いた。

言ったあとで、伯母に連絡して今日限りにしてもらうつもりでいたことを思い出す。

――どうしよう。嘘《うそ》ついちゃった……。

和に嘘をつくのは心苦しいが、やはりヤクザは……。

食事がほとんど終わりに差し掛かったところで、佐伯のケータイが鳴った。

面倒そうな顔をしながらも、佐伯は「なんだ」と応じる。低い声には、聞く者を震え上がらせる迫力があった。

「なに？　どういうことだ？」

途端に眼光が鋭さを増す。ただでさえ迫力のある相貌が、より悪人顔になる。

食事中に見たい光景ではない。

喉にオムライスが詰まりかかって、里玖は慌ててワインで流し込んだ。今度はアルコールに噎《む》せかかる。

「舐《な》めてんじゃねぇと言ってやれ。俺の名前を使っていい。黙らせろ」

——だ、黙らせる？

なにを？　と聞きたい気持ちと聞きたくない気持ちと。

傍らの和に目を向けると、和は黙々と食事をつづけている。佐伯の声は聞こえているようだが、耳に入れないようにしているような、そんな印象だった。

子どもながらに、穏やかな状況ではないと感じているのだろう。

早く寝かせてしまったほうがいいかもしれない。

短いやり取りで佐伯は通話を切ったものの、もはや里玖もなごやかに食事をする気分ではなくなっていた。

佐伯もそれを感じ取ったのか、ワインボトルだけを手にソファに移動してしまう。

つまみになりそうなものだけ皿に盛り直してローテーブルに届け、ダイニングテーブルを片付ける。

「お風呂は？　いつもパパと入るの？」

尋ねると、和は首を横に振る。

「……え？」

こんな小さな子がひとりで？

「いつもひとりで入ってるの？」

「……うん」

和は戸惑いがちに頷く。

里玖は、ソファでワイングラスを傾ける男の傍らに立って、勇気を振り絞って「あの……っ」と声をかけた。

鋭い眼光が向けられる。さきほどの電話のせいか、昼間以上に鋭さが増している気がしたが、元保育士として、ここは引けなかった。

「この年齢の子どもをひとりでお風呂に入らせるのは、まだ危険だと思うのですが」

言われた佐伯は怪訝そうな顔をして、じっと里玖を見やる。なにか思案するような仕種《しぐさ》を見せたあと、「そうなのか」と呟《つぶや》いた。

里玖は唖然としてしまう。

「……はぁ？　あの……っ」

もう少し何か言うことがあるのではないか。納得がいかない気持ちで言葉をつづけようとすると、淡々とそれを遮られた。

「今日からはあんたが一緒に入ってやってくれ」

それだけ言って、また着信を知らせはじめた携帯端末に目を向ける。仕事より子どもが重要だろうと、思わず手を伸ばしていた。携帯端末を取り上げた佐伯を止めるように、自分の手を重ねていたのだ。

「こういうことはお父さんのほうが――」

背後から、エプロンの裾《すそ》が引っ張られる。和だった。和が、まるで里玖を止めるかのように、エプロンを引っ張っているのだ。

「お兄ちゃん……」

不安そうな声。

佐伯に目を向けると、怒ったような戸惑ったような顔で里玖を見ている。でしゃばるなと怒鳴りたいなら怒鳴ればいいのだ。相手がヤクザだからって、子どものこととなったら、里玖は引かない。

だが佐伯は何も言わず、電話に応じてしまう。今度は、すぐには終わらない様子だった。

和の手をとって、目線を合わせるように膝をつく。

「今日はお兄ちゃんとお風呂に入ろっか」

ふわふわの髪を撫でながら提案すると、和は大きな目を見開いて、それからコクリと頷いた。

佐伯に言いたいことは山ほどあるが、ひとまず和を風呂に入れて、寝かせつけたあとだ。

そう決めて、和の子ども部屋でパジャマと着替えをそろえ、自分も荷物から着替えを持ち出した。

和は里久が言わずとも自分で着ているものを脱ぎ、ちゃんとたたんで脱衣籠《かご》に入れる。この家にいない母親が躾《しつ》けたのか、あるいは佐伯がさせているのか。脱ぎにくそうにするところだけ、里玖が手伝った。

脱衣所の収納を漁ったら、使った痕跡のないシャンプーハットやアヒルの人形なども見つかって、首を傾げつつ風呂に持ち込む。

ヘアケア類も石鹸《せっけん》も、子どもの敏感な肌にもやさしい質のいいものが揃えられていて、こういうところには気を遣えるのに、どうして一緒に風呂に入ってやらないのかと、より苛立ちが強くなった。

和を自分の前に座らせて、まずは髪を洗ってやる。和は戸惑った様子で背後をうかがいつつも、里玖の言うとおりにぎゅっと目を瞑《つぶ》った。

子どもの柔らかな髪を丁寧に洗って、目に入らないようにすすいでやる。シャンプーハットの使い方を教えると、面白《おもしろ》そうに笑った。

「背中の流しっこしようね」

「うん」

小さな身体を洗ってやって、次いで自分が背を向ける。すると和は、懸命に里玖の背中を擦《こす》った。こういう触れ合いこそ、親子には大切なのだ。

湯船にアヒルさんを浮かべ、肩まで浸《つ》かって一緒に数を数える。しっかり温まって湯から上がったら、パジャマを着せ、濡《ぬ》れ髪にドライヤーを当てた。細い毛を傷めないように、ゆっくりと乾かす。ドライヤーの温風の温かさもあってか、昼寝もせず一日中遊んでいた疲れが出たのだろう、髪を乾かしている途中から、和はこっくりこっくりしはじめて、髪を乾かし終えたときには、里玖にもたれかかるようにして、寝息を立てはじめていた。

眠れないようなら絵本の読み聞かせをしようと思っていたのだが、その必要もなかった。

小さな身体を抱き上げて浴室を出ると、それに気づいた佐伯がソファから腰を上げる。「かせ」と手を伸ばされ、里玖の腕から奪うように和を抱き上げた。

やはり体格がいいから、楽々と抱え上げて子ども部屋に足を向ける。その背を追いかけ、ベッドに寝かせるのを手伝った。

和の寝顔を充分に堪能《たんのう》して、「おやすみ」と部屋の明かりを消す。

部屋を出てから、「お先にお風呂いただきました」と頭を下げた。「湯が冷めないうちにどうぞ」と佐伯にも風呂を勧める。

「そのあとで、お話があります」

和のためなら、佐伯の強面も三白眼も怖くない。少々睨まれたって、怒鳴られたって、言うことは言わなければ。

「先に聞こう」

佐伯の腕が、里玖の肩を抱いた。リビングに戻るのかと思いきや、廊下を反対側へ大股《おおまた》に進んで、里玖にあてがわれた部屋の向かいのドアを開ける。

そこは広い寝室だった。

壁一面の窓には遮光カーテンがひかれているが、昼間なら燦々《さんさん》と太陽光が降り注ぐことだろう。

部屋のほぼ中央に置かれたベッドはキングサイズで、壁一面の壁面収納は里玖の部屋と同じつくりだ。

違うのは、もう一方の壁に、バーカウンターが設《しつら》えられていることと、つづきの間かウォークインクローゼットが設《もう》けられているのか、廊下に通じるものとは別に、もうひとつドアがあることだった。

窓際には、リクライニングチェア。その横の丸テーブルの上に、小型のタブレット端末が置かれている。

佐伯のプライベート空間であることが知れた。

バーカウンターからグラスとスコッチの瓶を取り出して、グラスになみなみと注ぐ。佐伯はそれをまるで水のように飲んだ。

スコッチウイスキーの度数は、だいたい四十度くらいだったはず……。

唖然とその光景を眺めてしまった里玖だが、そんな場合ではないと思い直し、言うべきことを口にする。背筋を正し、目を逸らさないように、ぐっと拳《こぶし》を握った。

「和くんと、もっとお話ししてあげてください。お仕事で留守の間はハウスキーパー頼みでもしかたありませんけど、おうちにいらっしゃるなら、もっと一緒の時間をつくれるはずです」

今日も一日、佐伯はリビングでパソコンに向かっていて、和の世話は里玖任せだった。急ぎの仕事を持ち帰っていたのかもしれないけれど、それにしても無関心すぎるように見えたのだ。

「あと、お風呂は一緒に入ってあげてください。ひとりは危ないですし、あの年齢では髪も身体も、手伝ってあげないとまだちゃんと洗えないんです」

何より、親子の触れ合いの場として、これ以上の場はない。いつもひとりで入っていると言っていたけれど、いったいいつから？　と考えると、里玖は単純に怖かった。

だが佐伯は、里玖の言いたいことをまるでわかっていない顔で返してくる。

「そのための母親代わりだ」

「……は？」

「俺は、子どもの母親代わりのできる人材を寄越せと言った」

そのために保育士の資格を持つ里玖が選ばれて派遣されたのだと言う。子どもの世話ができる人材が欲しいというクライアントの希望だと聞かされてはいたけれど、親の領域まで求められているなんて聞いていない。

——伯母さま〜〜〜っ。

そんな話ひと言も聞いてないよ！　と、胸中で毒づく。だが、入園式に行かされた理由にも合点がいった。

「入園式も！　他人に行かせるなんて！　和くんにとっては、一生に一度のことなんですよ！」

一生に一度の想《おも》い出なのに、そこに親の存在がないなんて。

だが、里玖のまっとうな主張は、佐伯の思いがけない言葉に砕かれた。

「で、親がヤクザもんだと噂たてられて、苛《いじ》めに遭って、不登園か？」

冷淡な声だった。

思わず息を呑む。

「……っ、それは……」

顔を上げた先には、言い知れぬ迫力を纏った男が、カウンターバーに腰をあずける恰好でロックグラスを傾けている。間接照明によってより迫力を増して見えるが、明るい陽射《ひざ》しの下ではまた別種の迫力が増すに違いない。今朝、里玖がひと目で男の素性を悟ったように。

そして気づかされた。

子どもにとって一生に一度なら、親にとっても同じだ。もし和に兄弟がいたとしても、和の入園式は一度しかないのだから。

――和くんのために……？

本当は行きたかったけれど、和のためを考えて里玖に託したというのか？

「そ、そんな怖い顔されてるから……っ、普通にしてれば……」

結構ハンサムなのに……と、つい零れる。

聞き取れなかったのか、佐伯が三白眼を眇める。

「そ、そんなふうに睨まれたら、和くんだって怖いですよっ」

思わず言ってしまって、さすがにこれは禁句だったろうかと反省する。

けれど、佐伯の眼光は本当に鋭くて、赤の他人の里玖は仕方ないにしても、和も萎縮《いしゅく》しているのがわかるのだ。それは決していいことだとは思えない。

「あの……佐伯さんは、本当に…その……、ヤクザなんですか？」

一応確認しておこうと、恐る恐る尋ねる。

まさか直球で訊かれるとは思いもしなかったのだろう、さすがの佐伯も面食らった顔をして、次いで肩を揺らして笑いはじめた。

「く……くくっ」

里玖にしてみれば、笑いごとではない。冷や冷やものだ。

「わ、笑わなくても……っ」

笑い顔も怖いなんて言えない。でも、睨まれているよりはいいかもしれない。

「朝は、ずいぶんな態度だったな」

玄関を開けるなりすごい顔で驚かれてこちらが面食らったと言われる。そんな態度、微塵《みじん》も見せなかったくせに。

「う、うちの会社は、そ…そういう団体の方からの依頼は受けていないはずです。契約時に嘘があったのなら不履行――」

だから今日限りにさせてほしいとつづけるつもりだった。

「契約書に書いたことに嘘はひとつもない。俺はカタギだ」

さらりと返されて驚く。

「……え?」

だが、つづく言葉が里玖の頬をこわばらせた。

「今はな」

「……」

――今は、って?

どういう意味？

表情をこわばらせる里玖に、佐伯がスコッチを呷《あお》りながら説明をはじめる。

「ジイサンがテキヤで、親父《おやじ》の代には広域指定を受けるくらい手を広げていたんだが、俺が三代目を継いで解散させた」

今はただの実業家だと言う。

全然、ただの実業家などではない。そういうのを隠れ蓑《みの》と言うのでは？　警察ではフロントとか呼ぶのではなかったか？

摘発を逃れるための疑似解散であることが、素人の里玖にも容易に想像がつく。たしかに書類上はカタギなのかもしれないけれど、実態はれっきとしたヤクザ者ではないかっ。

――伯母さまのバカっ、なんでもっとちゃんと調べて引き受けないんだよっ。

契約したからには、佐伯と顔を合わせているだろうに。ヤバイと思わなかったのだろうか。

「で、では、僕はこれで……」

和には申し訳ないけれど、ふたりが寝静まったころに、逃げるしかない。

万が一、警察のお世話になるような事態が起きたときに、伯母に迷惑がかかるだけなら自業自得といえるが、伯母の会社の社員や人材派遣登録しているまったく無関係の人たちにまで害が及ぶ危険がある。とくに社員は、伯母の会社に生活をあずけているのだ。

それに自分も、こんなところでまた路頭に迷うわけにはいかない。借金の問題もあるがそれ以上に、今度こそ二度と保育士にも幼稚園教諭にも戻れなくなる。それは嫌だ。

和は泣くだろうか。

それとも、あの少し戸惑ったような顔をして、俯《うつむ》いて黙ってしまうのだろうか。

そんなことを考えたら、きゅっと締めつけられるように胸が痛む。でも……。

「ですぎたことを言いました。申し訳ありません」

おやすみなさいと部屋を出ようとして、二の腕を摑まれ、止められる。

「待て。まだ仕事が残ってるぞ」

「……え？」

手にしていたロックグラスに残ったスコッチを呑み干し、佐伯がカウンターにあずけていた上体を起こす。

腕を引かれ、佐伯の胸に捕らわれた。

「……？　仕事？」

大きな目をぱちくりさせて、間近に見下ろす佐伯の顔を見上げる。距離が近すぎて、怖いというより、圧倒される印象だ。この眼光で見据えられたら、何者でも動けなくなるに違いない。

「佐伯…さ……？」

「俠介《きょうすけ》だ」

「……は？　あの……？」

下の名前で呼べということか？

それはいいとして、この状況は？　力任せに捕らわれているわけではないが、体格差もあって里玖は身動きもままならない。

戸惑いの視線で間近に佐伯を見上げる。

「佐……、俠介…さん？　放し……」

名字を呼びかけて、慌てて言い直す。放してくださいと訴えようとして、声が掠《かす》れた。大きな手に後頭部を掬い取られたためだ。

何をされるのか？　と目を見開いた視界が陰る。

「……っ!?　……んっ、うぅっ！」

咄嗟《とっさ》に状況を理解するのは不可能だった。思考がフリーズして、ただ目を見開くよりほかない。

——キ……ス？

口づけられているとようやく理解して、思考が沸騰した。

「ちょ……、やめ……っ」

懸命に肩を押して逃れようとするものの、容易《たやす》く封じられ、広い胸に抱き込まれる。

「ふ……っ、う…んっ、……んんっ！」

熱いものが口腔《こうこう》に侵入して、逃げる舌を絡めとられた。口蓋《こうがい》を舐《ねぶ》られ、喉の奥まで犯されて、ジ…ンッと背筋に痺《しび》れが走る。途端、膝から力が抜けた。のしかかる肩を叩《たた》く拳も、見る間に力を失《な》くす。

「う……んっ、……っ」

思考も痺れはじめて、頽《くずお》れる痩身《そうしん》は力強い腕に抱き留められた。広い胸に身体をあずけきった恰好で、濃厚な口づけに翻弄《ほんろう》される。

濡れた唇を食《は》まれ、甘ったるいリップ音が鼓膜に届いたときには、里玖は白い頬を紅潮させ、白い胸を喘《あえ》がせて、潤んだ瞳で佐伯を見上げるばかりになっていた。

「ずいぶんといい反応をするな。男の経験があるのか？」

そんなことを訊かれて、蕩《とろ》けていた思考が急激に冷める。

「な……っ」

そんなのあるわけがないではないかっ。カッと頭に血を昇らせて、のしかかる胸を押し返そうとするものの、まるで太刀打ちできない。

「僕はハウスキーパーですっ、こんな……っ」

いったいどういうつもりなのか。ふざけるにもほどがある。

さきほどの指摘に怒ったのか？　だったら口で文句を言えばいいではないか。こんな卑劣な行為に及ぼうとするなんて、あまりにも卑怯《ひきょう》だ。

「反論があるなら聞きま――」

「黙れ」

この期に及んでも状況を正しく把握していない里玖の主張は、当然ながらあっさりと却下された。

「や……っ」

瘦身を軽々と抱えられ、ベッドに引き倒される。

「放……っ、ん……ふっ」

反論は許さないとばかりにまた唇を奪われて、里玖は細い背を撓《しな》らせた。のしかかる広い背を拳で叩くものの、体勢が悪くてたいした力も入らない。

その手をやすやすと制されて、両手首をまとめて頭上に縫いつけられた。片手で容易く里玖の抵抗を封じた男が、鼻先を寄せて吐き捨てるように言う。

「一日中煽《あお》られつづけて、いいかげん限界だ」

「な、なんの…ことっ」

意味がわからない。

よもや自分が同性からそうした対象に見られることがあるなんて、考えもしないことだった。

だから、今自分が置かれた状況も、理解できているようでいて、実のところ正しく理解していなかった。

パジャマがわりのカットソーとスウェットの下には、湯の火照りを残した白い肌。慣れた手つきで上半身を剝《む》かれ、スウェットに手をかけられる。

「や、やめ……っ」

下着ごと引き下ろされて、局部を露《あら》わにされる。

「な……っ、いや……っ」

慌てて手を伸ばしたが、間に合わなかった。

一糸纏わぬ姿に剝かれ、膝に手をかけられる。薄い腹を喘がせて、里玖は悲鳴を吞み込んだ。

佐伯の視線が局部に落とされる。まるで里玖が男であることを確認しているかのようだ。

眉間の皺が深められ、三白眼が鋭さを増す。怖いのに、犯すような視線に曝《さら》されて、里玖自身がヒクリ…と戦慄《わなな》く。

全身に血が巡って熱くてたまらない。ドクドクと心臓が煩《うるさ》い。

なのに、感覚が鋭敏になっていて、佐伯が触れる場所が火傷《やけど》しそうなほどに疼《うず》く。細い脚がガクガクと震えた。

「い、いや……」

潤んだ瞳を上げる。

佐伯の視線以上に、自分の反応のほうが怖かった。なんだかとんでもない言葉が口をついて出そうで、ぎゅっと唇を噛《か》みしめる。

その唇に、また口づけが落とされて、啄《ついば》むキスと擽る舌先に、噛みしめる唇が解かれる。

「う……んんっ」

口腔を舐られ、舌をきつく吸われて、脳髄《のうずい》が痺れる。

そうして里玖の抵抗を奪いながら、佐伯の大きな手が震える白い肌を弄《いじ》った。

「あ……んっ」

薄い胸を揉《も》み、細い腰を撫でて、局部に触れる。

「……っ!?」

跳ねる細腰にかまわず、大きな手が里玖の欲望を握った。

「や……ぁっ、ダメ……っ、放し…てっ」

触らないでっと、涙ながらに訴える。

だが、決して嫌悪感があるわけではなかった。ただ、自分の肉体の反応が怖いのだ。

佐伯の手のなかで、里玖自身が熱を溜《た》めはじめている。浅ましい反応を見せている。啄む口づけで抵抗を奪われながら大きな手に嬲《なぶ》られて、たちまち先端から蜜《みつ》を零しはじめた。

「ダメ……放し…て、出ちゃ……っ」

学生時代に異性と付き合ったことはあっても、経験値など微々たるものだ。就職してからは仕事に追われて、彼女をつくる暇もなかった。

佐伯の手管に流され、瞬く間に追い上げられて、必死の抵抗も空《むな》しく、大きな手に白濁を吐き出してしまう。

「あ……ぁっ、は……っんんっ！」

荒い呼吸に薄い胸を上下させて、痩身をシーツに沈めた。濡れた呼吸に喘ぐ唇を啄まれ、甘ったるい吐息が零れる。

「ん……っ」

思考が蕩けて、状況判断がきかなくなる。

イったばかりで敏感な欲望の先端を刺激されて、またも細腰が跳ねた。

「や……っ、触ら…ない、でっ」

先端から残滓《ざんし》がとろりと溢《あふ》れて、羞恥《しゅうち》に思考が沸騰した。

どうしていいかわからなくなって、のしかかる体躯《たいく》を押しのけようとしていた手からも力が抜ける。

「あ……」

ポロリ……と、頬を涙の滴が伝った。

こんな状況だというのに、かわらず眉間に皺を刻んだ佐伯が顔を寄せて、涙の痕《あと》を拭《ぬぐ》うように舌を這《は》わせてくる。まるで猛獣に舐められているかのような気持ちで、里玖は首を竦めた。唇を軽く啄まれ、今さっき追い上げられたばかりの欲望をまた刺激される。

「ふ……っ、……ん、うっ」

佐伯の手を解《ほど》こうと、懸命に手を伸ばす。そうしたら滾《たぎ》る自身に指を絡ませるように促されて、一度触れたらもう、手を放せなくなってしまった。

「や……やだ……」

嫌だ、恥ずかしい、と言いながらも、指を絡ませてしまう。

上体を起こした佐伯が、里玖の膝をさらに大きく割り開いた。シーツから腰が浮いて、局部が曝される。

佐伯に見られている。そう思っただけで、手のなかの欲望がドクリと震えた。

「い……や、見ない…で……っ」

ポロポロと涙が零れる。なのに自慰は止められない。

「恥ずかしいのが好きなようだな」

低い声が愉快そうに言う。カッと頬が熱くなった。

佐伯が上体を屈《かが》めて、何をされるのかと目を見開く。その先に、信じられない光景を見た。

「ひ……あっ、いや……っ！」

大きく開かれた双丘の間に舌を這わされたのだ。

熱い舌が、後腔の入り口を舐る。舌先を差し込まれ、その場所を蕩かせるように蠢《うごめ》く。

はじめパニックに陥って、嫌だ、やめて、と上ずった声で訴えるばかりだった里玖だが、やがてジクジクと疼くような感覚がその場所から広がっていくのを感じて、やめてと訴える声が掠れはじめる。

「あ……ぁっ」

後ろを舐られ、その刺激に唆されるかのように、前を弄る指の動きが淫《みだ》らさを増していく。肉欲に侵され、まっとうな思考回路を失った状態で、里玖は白い胸を喘がせる。

後孔への刺激が強まって、蕩けた場所を今度は指に嬲られていると理解できないままに、甘ったるい吐息を零す。

「ひ……っ！　あ……ぁあっ！」

突然、押し出されるように悲鳴が迸《ほとばし》って、里玖は細い腰を跳ねさせた。

「い、いや……っ、なに……っ」

強烈な射精感が襲って、堪《こら》える間もなく、滾った欲望を弾《はじ》けさせる。手で押さえても無駄だった。

白い指の間から蜜液が溢れるさまは淫らで、見下ろす佐伯が目を眇める。

戦慄く内壁が佐伯の長い指をきゅうっと絞めつけて、ようやく感じる場所を刺激されたのだと理解した。そういった場所があると知識で知っていても、当然経験などあるはずもなく、強烈な快感に思考が真っ白に染まる。

「は……ぁっ、……っ」

放埓《ほうらつ》の余韻に戦慄く痩身は情欲に染まって、力なく開かれた白い太腿《ふともも》と、欲望に絡む白い手がみだりがましさを増長させる。

「何も知らない顔をして、とんだ淫乱《いんらん》だ」

愉快そうに佐伯が口角を上げる。

里玖の内部に埋め込んだままの指を、さらにぐいっと突き入れてくる。再び内壁が戦慄いて、経験のない喜悦が襲った。

「あぁ……んっ」

甘ったるい声が白い喉から溢れる。潤んだ瞳は情欲に濡れ、涙の滴を溜めた長い睫毛が気だるげに瞬く。

「ん……っ」

指を引き抜かれる刺激にも、喉を甘く鳴らし、内腿を震わせた。これで解放されるのだろうか……と、胸中を過《よぎ》った感情には、無自覚ながら落胆が含まれていた。

濡れた瞳に過る無自覚の媚《こび》を、見逃すような男ではない。

欲情の先端から滴った蜜液に濡れる間を、熱く硬いものが擦り上げる。

「あ……んっ」

感じ入った声が、里玖の喉を震わせた。

だが、その直後、違和感を覚えて目を瞠《みは》る。え？　と思ったときには、脳天まで突き抜ける衝撃が襲ったあとだった。

「――……っ!?　ひ……っ！」

ズンッと衝撃が襲って、細い背が撓る。反射的に逃げを打った細腰は、大きな手に腰骨を摑まれ、引き戻された。

「い……痛…ぁっ、ひ……ぁっ！」

力なく腕をふりまわし、のしかかる肩に爪《つめ》を立てる。

「……っ、狭いな」

苦し気な呟き。力なく暴れる手を摑まれ、両手首を纏めて片手で頭上に縫いつけられた。ズンッと腰を進められて、もはや悲鳴すら喉の奥に消える。

「……っ！　いや……痛…ぃ、たすけ…てっ」

泣きじゃくる唇に落とされる啄むキス。宥《なだ》めるようなそれが涙を誘って、紅潮した頰が濡れる。すると今度は涙の痕を拭うように唇が頰を伝って、涙を溜めた睫毛に触れる。

里玖の反応をうかがうように、そっと腰が揺すられる。

「ん……ぁっ」

痛いのに、それだけではない声が零れる。形容しがたい感覚が背筋を這い上がる。それが怖くなった里玖は、助けを求めるように、佐伯の広い背にぎゅっと縋《すが》った。

「や……、な…に……?」

なにがどうしたのか、わからなくて一度は止まった涙がまた溢れる。

「感じるのか?」

耳朶《じだ》に低く甘い声が囁《ささや》く。

「や……っ」

ゾクゾクと首筋を伝い上がるものに耐えられず、里玖は佐伯の背に縋る腕を首に滑らせ、しがみつく。

「助け…て……っ」

お願い……と、掠れた声で訴える。

「はじめてにしちゃ上出来だ」

満足げな笑み。唇で甘ったるいリップ音が鳴る。

「ひ……ぁっ、……ぁぁっ!」

はじめ里玖の反応をうかがうようだった律動が、やがて激しさを増していく。硬い切っ先に感じる場所を抉《えぐ》られて、嬌声《きょうせい》が迸った。

揺れる視界に映る佐伯の額に浮かぶ汗。見据える瞳に過る劣情。

深く浅く穿《うが》たれて、快感と理解できないままに、唇から溢れる濡れた喘ぎ。熱欲に犯されるままに頭を振って身悶《みもだ》える。

「い…やっ、……な…か、ヘン……っ、こわ…いっ」

肉体は肉欲に落とされても、頭でそれを理解できない。はじめて知る悦楽に恐怖して、里玖は泣きじゃくりながら佐伯に縋った。

「いい子だ。捕まっていろ」

逞《たくま》しい首に腕をまわして、ひしっと縋る。

一層激しく、深く、穿たれて、白い喉が仰《の》け反《ぞ》った。その場所に歯を立てられて、声にならない嬌声が迸る。

「——……っ！」

最奥《さいおう》を穿たれて、同時に白い腹に白濁が飛び散る。

「……くっ」

直後、最奥に熱い迸りを感じた。細胞まで浸食される恍惚《こうこつ》感に、唇が戦慄く。

「は……ぁっ、ぁ……っ」

瘧《おこり》のように震える痩身を、力強い腕が抱きしめる。

佐伯の首にひしっと縋っていた腕から力が抜けて、ぱたりとシーツに落ちる。急速に意識が遠くなった。

「里玖……？」

いくらかの焦りを孕《はら》んだ声が間近に呼ぶ。それが妙に愉快だった。少しだけ胸が空《す》くような気がした。

唇に熱が触れる。

それが深められる前に、里玖は意識を混濁させていた。はじめての衝撃に、体力的にも精神的にも限界を迎えたのだ。

乱れた髪を、大きな手が梳《す》く。

それを心地好いと思ったところまでは、かろうじて記憶があった。

意識を飛ばしたまま深い眠りに落ちた里玖が目覚めたのは、翌朝のこと。

カーテンの隙間《すきま》から射し込む朝陽に覚醒《かくせい》を促され、己の置かれた状況を把握して、驚きのあまり硬直した。

一糸纏わぬ姿で、佐伯に腕枕《うでまくら》をされて眠っていた。

間近に、佐伯の端整な寝顔があった。鋭い三白眼が閉じられていると、その端整さがより際立つ気がした。

どうしてかドキリとして、顔が熱くなって、佐伯を起こさないように、そっとベッドを抜け出した。

足に力が入らなくて、ベッド下に頽れた。

それでもどうにかこうにか這っていって、好きに使えと言われた部屋に逃げ込んだ。

ドアに鍵《かぎ》をかけて、裸のまましばらく茫然《ぼうぜん》として、それからようやく、身体が清められていることに気づいた。

わけがわからなくて、逃げようと思って、ボストンバッグに荷物を全部詰め込んで、部屋を出た。

だが、結論から言えば、里玖は佐伯家を出ていくことができなかった。

眠い目を擦り擦りトイレに起きだした和と遭遇してしまったのだ。

和は何を察したのか、目を擦っていた手を止めて、とととっと里玖に駆け寄ってきた。そして、ぎゅっとしがみついた。

その瞬間、里玖の手からボストンバッグが落ちた。

朝ごはんだけ、つくったら出て行こうと考えた。その次に、和のお弁当をつくってあげなくてはと気づいた。そうこうしているうちにタイミングを逃して、保育園まで送っていって、その足で消えようと決めた。けれど……。

「おむかえにきてね」

別れ際、手を振りながら和が言ったのだ。

自分で自分をバカだと思いながらも、里玖の足は伯母のもとではなく、佐伯家に向いていた。

里玖が和を保育園に送っている間に、佐伯は仕事に出たらしい、帰宅したときには姿がなかった。

今なら逃げられるのに……とため息をついて、でも里玖はあちこち痛む身体に鞭《むち》を打って、まずは洗濯に取り掛かった。徹底的に掃除をして、冷蔵庫のなかみを自分の使いやすいように整理して、この先一週間の大まかなメニューを組み立てた。

和のために、おやつのプリンとクッキーをつくり、お迎えに出るまでの時間を過ごした。

忙しくしているうちは、余計なことを考えなくて済む。

お昼過ぎ、保育園に和を迎えに行った。

和は、里玖の姿を見つけると、一目散に駆けてきた。そうしてぎゅっと抱きついて、「ただいま」と嬉しそうに笑った。

里玖が本当に迎えに来るのか、不安に思っていたのだと気づかされた。

「おべんとう、おいしかったよ」

この時点で、里玖は何もかもすべて、どうでもよくなった。諦《あきら》めた。理不尽に蓋《ふた》をしてもいいと感じた。

和をぎゅっと抱きしめて、「一緒に帰ろう」と言っていた。

帰宅後、おやつのプリンとクッキーを和と一緒に食べて、はじめて空腹だったことに気づいた。
――『鈍臭い子ね』
伯母の声が、またもリフレインする気がした。

どうにも身体がだるくて、和に昼寝をさせようと絵本を読み聞かせているうちに、自分も一緒に転《うたた》寝《ね》をしていた。

鼓膜が玄関ドアの開く音を拾って、覚醒を促される。

佐伯が帰宅したのだと気づいて、ハッと顔を上げる。和はリビングのソファで、大きなクマのぬいぐるみを抱いてスヤスヤと夢の中だ。

腰を上げて玄関に迎えに出ようとしたところで、リビングのドアが開いた。スーツ姿の佐伯がぬっと現れる。

「あ……おかえり…なさい」

咄嗟に視線を落としてしまう。エプロンの裾を、手持ち無沙汰《ぶさた》にぎゅっと握った。

「サービスが悪いな」

腰を抱き寄せられ、顔を上げた隙を突かれる。

「あ……の？」

唇でチュッと甘ったるいリップ音。

「え？　な……っ⁉」

いきなり何を？　と、広い胸を押しのけようとする。だが、里玖の力ごときでどうにかできるわけもない。

「旦那《だんな》が帰ったら、こうして出迎えるものだろう」

ニコリともしない強面で言われても冗談に聞こえない。

「だ、旦那⁉　……んっ」

抵抗もかなわないまままたっぷりと舌を吸われて、力の抜けた里玖はとろんっと佐伯の胸に痩身をあずけた。その耳朶に落とされる問い。

「出て行かなかったんだな」

「……え？」

長い睫毛を瞬いて、注がれる三白眼を見上げる。

「帰ったら、もういないかと思っていた」

面白《おもしろ》そうに言われて、里玖はムッと口を引き結んだ。

「……和くん、置いていけません」

あんな顔で縋られたら、ひとりになんてできるはずがない。

「それだけか？」

「……っ!?　そ、それだけです！」

ほかに何があるっていうんですか！　と、真っ赤になって怒鳴る。

佐伯は眉間に皺を刻んで「そうか」と呟いた。かちん！　ときた里玖は、果敢にも佐伯に食ってかかる。

「き、侠介さんこそ！　あ、あんなことして、言うことはそれだけなんですか!?」

昨夜の行為を詫《わ》びられてもなんだか困るけれど、でも何事もなかったかのようにふるまわれるのは腹が立つ。

「あんなこと？　抱いたことか？」

赤裸々に言われて、カッと頰に血が昇る。もう少し言葉にオブラートをかぶせてほしい。

「む、無理やり、あんな……っ」

嫌だと言ったのに、やめてくれなかった。

「いい声で啼《な》いてただろ」

身体は嫌がってなかったと言われて、思考が沸騰する。

「そ、そういう問題じゃ……っ」

触れられて反応するのは単なる肉体の生理現象であって、感情とは別物だ。許したと思われるのは心外だ。

だが佐伯はまるで取り合わない。なにが悪いのかといわんばかりの反応だった。

「気持ちよかっただろ？」

「な……っ」

一般女性なら怯《おび》え震えあがって近寄ろうともしないだろうが、水商売など特定の業界の女性には圧倒的に好まれるだろう、危険な匂《にお》いを纏い男性的な魅力に溢れた男は、これまで真摯に異性と向き合ったことがないのではないかと思った。

乱暴でも強引でも無理やりでもオレサマでも、相手がそれを許すのなら咎められることはない。佐伯が不思議そうにする理由を里玖はそう分析した。

価値観の土台がそもそもずれていたら、会話が咬《か》み合うはずもない。

「痛むか？」

耳朶に低く問われて、カッと頬に朱が昇る。

「……っ」

痛くないわけがないではないかっ、と胸中で毒づいた。

「あ、あたりまえ――、や……っ」

文句を言おうとして、腰を抱く腕が双丘に下がるのを感じて悲鳴を上げる。

「ちょ……っ、やめ……っ、い、いや……さわらな……っ」

大きな手が双丘を揉み、昨夜さんざん嬲られて敏感になったままの間を刺激する。「痛いっ」と半泣きの顔で睨むと、佐伯がニンマリと口角を上げた。

「疼くのか？」

唇に吐息が触れる。答えられずに嚙みしめる唇を解くように触れるキス。それに唆されるままに唇を解いてしまう。スルリ……と図々しい舌が滑り込んできた。

「……んんっ」

執拗《しつよう》な口づけが、昨夜の疼きを残した痩身を煽る。

大きな手が無遠慮に双丘を摑み、細腰が引き寄せられる。佐伯の腰に擦りつけるような恰好になって、里玖はそこから生まれる熱の予感に震え上がった。

「おに…ちゃ……？」

やめてくれと肩を叩いたとき、背後で物音。

たどたどしい声が、里玖の理性を引き戻す。

「……っ!?」

条件反射で、ドンっ！　と佐伯の身体を突き飛ばしていた。

佐伯が不機嫌そうに眉根を寄せる。三白眼を見返す勇気はなく、里玖は背後に飛び退《すさ》った。和が寝ていたソファ横にへたり込む。

「ごめんね、起こしちゃった？」

上体を起こして、こしこしと目を擦る和の小さな手を、「赤くなっちゃうよ」と止める。顔を上げた和は、里玖の肩越しに視線をやって、佐伯に気づいた。

「お父さん……？」

今日も仕事からの戻りが早いことに驚いているように見えた。

「妙な時間に寝ると、夜寝られなくなるぞ」

「はい」

ただいまと撫でてやるでもなく、保育園での様子を尋ねるでもなく、そんなことを言う。佐伯は基本的に、父親としての姿勢がなっていない。

「小さな子には、お昼寝も大切な時間なんですっ」

子どものこととなると遠慮がなくなる里玖は、佐伯の三白眼にもひるまず言葉を返した。面食らった顔の佐伯になどかまわず、すぐに和に視線を戻して、やさしく声をかける。

「眠い？」

「ううん」

「じゃあ、一緒に晩御飯つくろうか」

もう夕方だ。和と一緒にキッチンに立っていたら、出来上がるころにはちょうど夕飯時になっているだろう。和にかまっている間は、佐伯と向き合わなくてすむ。

「うん！」

里玖の誘いに、和が大きく頷いて、ぴょんっとソファを降りる。

「まず手を洗おうね。今晩は何がいいかなぁ？」

佐伯を無視して、和の手を引いてキッチンへ。袖《そで》をめくり上げてやって、一緒に手を洗う。冷蔵庫を覗き込んで、和と相談の結果、今晩のメニューは海老《えび》ドリアに決定した。

「ブロッコリーとカリフラワーも使うよ」

「カリフラワー……？」

和が苦手そうに呟く。

「大丈夫。お兄ちゃんが、絶対に美味しく食べさせてあげるから、ね」

だから好き嫌いしないで食べようねと頭を撫でると、和はコクリと頷いた。

和を脚立にのせ、並んで下準備をする。メインの海老ドリアのほかに、キャベツのスープとカボチャのサラダもつくる。佐伯の意見は今後訊かないことに決めた。

和は小さな手で懸命に準備を手伝ってくれた。どうしても洋服が汚れてしまうことに気づいて、明日にも和のために子ども用のエプロンを調達してこようと決める。なんなら生地を調達してきて、自分で縫ってもいい。

「和くんと一緒につくったんですよ」

夕食の時間。テーブルに並べた料理を前に、佐伯にあれこれ説明する。子どもがつくるものなら、普通の親ならなんだって喜んで食べそうなものなのに、佐伯の反応は薄かった。

「ああ、見ていた」

昨日のように、「そうか」と頷くだけでなかっただけマシだと思えとでも？　またもムッとさせられて、里玖は佐伯を完全に無視することに決めた。昨夜のことだって、結局なんのいいわけも聞いていないのだ。

「熱いから気をつけて」

スプーンにすくったドリアをフーフーする和を助けて、自分も一緒にフーフーする。

「おいしい！」

和が大きな目を輝かせた。

「はい、あーん」

里玖がフォークに刺したカリフラワーを口許《くちもと》に運ぶと、少し躊躇《ちゅうちょ》したものの、小さな口を開けてえ

いっとかぶりつく。咀嚼して、驚いたように「おいしい！」と顔を綻ばせた。

「ね、お兄ちゃんの言ったとおりでしょ？」

「うん！」

微笑ましいやりとりを、テーブルの向かいで黙々と食事をしながら、佐伯が見ている。見ていないようで見ていることに、里玖は気づいていた。


その夜、和を風呂に入れて、絵本を読み聞かせて寝かせつけたあと、佐伯に見つからないように自室に逃げ込もうとして、結果的にできなかった。

内側からドアに鍵をかけて寝るつもりだったのに、和の部屋から出たところでタイミング悪く風呂から上がってきた佐伯に捕まってしまったのだ。

逞しい裸体を曝して、腰にバスタオルを巻いただけの恰好。首から下げたタオルを、もっとちゃんと拭《ふ》きなさいと頭からかぶせたくなる。

そんな呑気《のんき》なことを考えていたのがいけなかった。「大人の時間だ」と、腕を引かれて佐伯のベッドに連れ込まれた。

「い、いやですっ、もうあんな……っ」

　ここに残ったのは和のためであって、あんなことは二度と御免だと訴える。だが、放してはもらえず、ベッドに押さえ込まれて、なけなしの強気も霧散した。

「や……っ、まだ、痛い……っ」

　建前の奥の本音が零れる。

　痛いのに、触れられたら昨夜の熱が蘇《よみがえ》ってきそうで怖かった。

「そんなに痛むのか？」

　広い胸に抱き込まれ、耳朶に問われてコクコクと頷く。

「しょうがねぇな」と呆れた声で毒づかれ、理不尽な憤りを感じた。こちらははじめてだったのだからしかたないではないか。これまでに佐伯の相手をしてきただろう、そうした行為に慣れた女性たちとは違うのだ。

「ひどくしたのは侠介さんなのにっ」

　そんな言い方はないと、涙声で訴える。

　佐伯は三白眼をさらに眇めて、上から里玖を見据える。睨まれたって、痛いものは痛いのだ。

「触るだけならいいだろうが」

「や……だ」

触られるだけでも痛いと訴える。とくに後ろは……帰宅時に弄られたときには、まだ痛みがあったのだ。

「気持ちいいことするだけだ」

「うそっ」

素肌に剝かれ、裸の佐伯に抱きしめられる。湯の温かさを残した素肌の心地好さが、里玖の痩身から抵抗の力を削《そ》いだ。人肌というのは、気持ちいいものなのだと思い知らされる。

「やだ……、あ……んっ」

萎《な》えた欲望を大きな手に握られて、甘ったるい声が零れた。

啄むような口づけを受け取りながら、前を扱《しご》かれる。自慰とはくらべものにならない快感が襲って、里玖は痩身をくねらせた。

あと少しというところで手が外されて、どうして？　と思っていると、戦慄く里玖自身に、硬く滾ったものが擦りつけられた。

「あ……ぁんっ！」

佐伯自身だと気づく。手を引かれ、里玖のものと一緒に握るように促された。

熱くて、硬くて、大きくて、狂暴な肉欲を感じさせる。一方で、圧倒的な力を前に、己の無力を思い知らされる。

「や……っ、そんな……っ」

逃げようとすると、上から大きな手を添えられて、一緒に扱かれる。

「あ……ぁっ」

角度を変えて口づけ合いながら、互いのものを扱く。

「ダ……メ、出ちゃ……、……ぁぁっ！」

手を放して、と懇願する間もなかった。細腰をビクビクと跳ねさせて、里玖は白濁を弾けさせる。

だが佐伯の欲望は、まだ硬く欲望の存在を誇示したままだ。

膝に手をかけられて、里玖は反射的に「いやっ」と逃げる。

「入れねぇよ。おとなしくしてろ」

「だって……っ」

何をされるのか……と戦々恐々としていたら、太腿の間に硬いものが押し入れられた。

「足、締めてろよ」

「これ、って……」

気づいた途端、カッと頭に血が昇った。

「いや……っ」

「痛くないだろ」

間を硬い情欲に擦り上げられて、悲鳴を上げる。

「ひ……っ、あ……ぁんっ！」

痛みはない。けれど、強烈な快感が襲う。挿入されるのとは違う、直接的な刺激だ。

「ダメ……ダメっ、また……っ」

放ったばかりなのに、佐伯の欲望に刺激されて、里玖自身が浅ましく頭を擡《もた》げる。先端から蜜を溢れさせ、はじめて知る悦楽に震えた。

「――……っ！」

こらえきれない嬌声が白い喉から迸る。ぐっと太腿を締められ、佐伯自身が弾けた。白濁が里玖の白い胸を汚す。それが唇にまで飛んで、半ば朦朧《もうろう》としていた里玖は、無意識にもそれを舐めとっていた。

「苦い……」と、掠れた声で呟く。佐伯の三白眼が、ゆるり……と見開かれた。

気だるい心地好さに包まれて、里玖は深い睡魔に吸い込まれていく。

「マジかよ」と、上から毒づく声が落ちてくる。どこか疲れたような呆れたような、でも決して怒っているようでもないそれを不思議な気持ちで訊きながら、里玖は眠りに落ちた。

翌朝、前日と同じく佐伯の裸の胸に包まれた恰好で、里玖は目を覚ました。

自分も裸だった。身体は清められていて、気持ち悪くなかった。痛みも引いている。

枕元の時計を確認したら、まだ早い時間だった。このまま自分の部屋に逃げようかと考えて、起き上がる前に、もういいか……と身体の力を抜いた。

佐伯の腕枕で、二度寝を決め込む。

起きたら、和のためにミシンが欲しいと言ってみよう。あっさり買ってくれるような気がする。

抱き合って眠る布団は、腹立たしいほどに温かかった。

2

朝起きたら、まず洗濯機を回して、それから朝食と和のお弁当の準備をする。和が起きてきたら、顔を洗って着替えてご飯を食べさせて、保育園に送っていく。

たいてい一緒に、佐伯も出勤する。佐伯がどういう仕事をしているのか、里玖は知らないし、聞いてもいない。自分の給料が支払われればそれでいいと、割りきることにした。

玄関を出るとき、和の目があるにもかかわらず、佐伯はかならずキスをしかけてくる。最初の何度かは抵抗したけれど、力でかなうわけがないと何度目かに諦めた。それでも、興味津々と見上げる里玖の目を両手でかくして、ささやかな抵抗を試みることだけはやめられない。

里玖を保育園に送った帰り道に買い物をして、家に戻ったら洗濯物を干して、掃除をして、ベランダのプランターに水をやる。殺風景だった佐伯家のベランダにグリーンを持ち込んだのは里玖だ。主に香味野菜とハーブ類、それからプランターでも育つ野菜がいくつか。

昼は朝食と和につくったお弁当の残りで簡単に済ませ、和のお迎えの時間を気にしながら、おやつをつくる。

昼過ぎ、保育園に和を迎えに行って、帰り道は少し遠回りをして、公園を散歩したり買い物をしたりする。朝、和を送った帰り道の買い物は日用品が主だが、和と一緒のときには、食育を考えて主に食材の買い出しをするのだ。

帰宅して、おやつを食べながら、和と遊ぶ。知育玩具や絵本、タブレット端末の学習アプリなど、佐伯家には和を飽きさせないだけのものがそろっている。

少しお昼寝をしたら、和と一緒に夕食の準備にとりかかる。

ちょうど食卓が整ったころに玄関ドアの開く音がして、佐伯が帰宅する。本当は和に構っていたいところだけれど、出迎えないと佐伯が不機嫌になるからしかたなく、里玖はわざわざ手を止めて玄関まで出迎えるのが日課だ。

「おかえりなさい。……んっ」

出迎える里玖を抱き寄せ、キスをする。朝同様に、これも何度目かに抵抗を諦めた。朝よりちょっとばかり濃厚なのが困りものだけれど、和の目がないことだけが幸いだ。

「おかえりなさい、お父さん」

佐伯を出迎える和は、子どもらしく飛びついたりじゃれついたりすることはない。躾の見本のようだと里玖は思う。

「ただいま」

佐伯はというと、和を抱き上げるでもなく、不愛想に返すのみ。

親子関係に口を挟むのはハウスキーパーの仕事の範疇《はんちゅう》ではないとわかってはいるが、どうしても気になる。

「侠介さん」

里玖が佐伯のスーツの袖のあたりを引っ張ると、なんだ？　と言わんばかりに三白眼が振り返る。

「……」

里玖が責めるようにじっと見上げると、言いたいことがわかったのか、難しい顔をして眉間の皺を深めた。

臆《おく》することなく、もう一度袖を引っ張る。三白眼に睨まれたが、和のためなら怖くない。

「お手伝いしていたのか？」

里玖に根負けしたかのように、佐伯が言葉を継ぐ。和が嬉しそうにパァァ…ッと顔を綻ばせた。

「はい！　えっと……」

言い淀《よど》む和に、里玖が助け舟を出してやる。

「一緒にニョッキをつくったんだよね」

今晩のメインは、ジャガイモのニョッキだ。手で捏ねてつくるニョッキなら、少々不格好でも、それがかえって味になる。「たのしかった」と笑う和に、佐伯が視線を落とす。

「そうか」

だから、それ以外に言葉はないのか！

里玖が傍からじーっと見上げていると、その視線に気づいて、今度は咳払《せきばら》いをひとつ。「美味《うま》そうだな」と、また短い言葉を継いだ。和の瞳が嬉しそうに輝く。だが、父親にべったりと甘えるでも、もっとお話を聞いて！　とじゃれつくでもない。

まるで赤の他人のような親子関係に半ば呆れながら、里玖が間に入る。

「あたりまえです！　和くんがつくったんだもんねー」

視線を合わせて、ね！　と微笑むと、小さな頭がコクリと振れた。

「土産だ」

佐伯が、帰宅時に手にしていたショップバッグを和に差し出す。「明日のおやつにしろ」と里玖に言った。ショップバッグには有名パティスリーのロゴが入っているが、生菓子ではなく、焼き菓子の詰め合わせのようだ。

だから、どうしてそういうことを最初に言ってやらないのだ。帰宅時にすぐに渡してやれば、和はもっと喜んだだろうに。

「よかったねぇ、和くん」

「はい。ありがとうございます、お父さん」

和が照れくさそうに里玖をみやる。

「明日のおやつに、紅茶と一緒にいただこうね」

楽しみだねと微笑みかけると、和は本当に嬉しそうに微笑んだ。

「じゃあ、お皿並べるの手伝って」

「はい」

料理が食卓に並んで、佐伯がそれに合うアルコールを選び、夕食時には里玖も少しだけご相伴にあずかる。

食事中も、会話をしているのはほとんど里玖と和のふたりだ。佐伯は里玖が話を振らない限り口を開かない。

毎日、自宅で朝夕の食事をとる佐伯だが、実際のところかなり忙しいようで、夕食のあとまた仕事に出ていくこともある。それでも食事をしに帰ってくるのは和のためだろうと思うのに、ではどうして積極的に親子の会話をはからないのか。

佐伯の行動も考えていることも、何もかもが謎《なぞ》だった。一番謎なのは、男の自分を抱くことだけれど……。

「……けほっ」

うっかりサラダに噎せかかって、胸を押さえる。テーブルの向かいから手が伸びて、空いたグラスにワインが注がれた。佐伯だ。

「あ…りが、とう、ございます」

本当は水のほうがいいのだけれど、好意は無碍《むげ》にできない。今日、佐伯が選んだ一本は、白ワインだった。じゃがいものニョッキにも合うし、白身魚のフリットにもよく合う。

こうしたちょっとした行動からも、佐伯は決して悪人ではないと里玖は思っている。そもそも悪人なら、和のためにハウスキーパーを雇ったりしない。子どものために買い求めた土産を手に帰宅したりもしない。

ただちょっと顔が怖くて、言葉が足りなくて、不愛想で、何を考えているかわからないだけだ。

などと、身も蓋もないことを考えつつも、一応里玖のなかでは、褒め言葉を並べているつもりだった。

夕食後、里玖が片付けをしているときに佐伯の携帯電話が鳴って、今日もまたこれから仕事だろうかと耳を澄ます。

あんなそっけない父親なのに、それでも和は佐伯が好きなようで、佐伯が出かけていくと寂しそうにするのだ。

「一時間ほどで戻る」

先に風呂に入って寝ていればいいと言い置いて、佐伯は出かけて行った。

「お父さん、忙しいね」

寂しそうにする和の頭を撫で、「お風呂にはいろっか」と誘う。

「……うん」

親子の会話があるわけでも、一緒に遊んでくれるわけでも、お風呂に入ってくれるわけでもない父親なのに、それでも子は親を求める。

「パパは和くんのためにがんばってるんだよ。だから少しだけお兄ちゃんとふたりで我慢しようね」

すぐに帰ってくるから、と慰める。和は不思議そうな顔で里玖を見た。

「……ボクのため？」

首を傾げて、大きな瞳を瞬く。里玖のほうが逆に戸惑ってしまった。「そうだよ」と返しながらも、この反応はなんだろうかと、胸中で疑問を膨らませる。

和は、佐伯が自分のために何かしてくれることを、親としてあたりまえのことだと、感じていないように見える。普通の子どもなら、あたりまえのこととして受け止める日常の事柄でも、特別に感じているような……。

――……？　母親がいないから？

母親の件は、いまだに訊けないでいる。やはり伯母に確認してみようか。けれど聞いているのなら最初に渡された資料に書かれているはずなのだけれど……佐伯家に関する資料には、母親の件はひと言も触れられていなかった。話したくないことまで無理に訊かないのが伯母のやり方だ。

自分が口を出すのはお節介だろうが、でも気になる。悶々《もんもん》と頭の片隅で考えながら、和と一緒にお風呂に入り、ベッドに入って絵本を読み聞かせ、和が眠ったころ、玄関ドアが静かに開けられる気配があった。

約束の一時間はとうに過ぎている。和が眠っているだろうと気遣って、物音を立てないようにそっと帰宅したに違いない。つくりのしっかりした高級マンションは、よほど乱暴にしない限り、玄関ドアの開閉音が子ども部屋まで届くことなどないというのに。

里玖がリビングダイニングで出迎えると、「起きていたのか」と少し驚いた様子で、手に提げたものを差し出してきた。

「これ……」

ハーブの苗だった。ディルとオレガノ。

イタリアンをつくるならやっぱり買っておけばよかったと夕食時に口にした記憶があるが、ひとり言のつもりしかなかった。和はもちろん佐伯にも、いったいなんのことかわからないだろうと思っていたのだ。

「欲しかったんだろう？」

「え……？　あ、はい……」

よくわかりましたね……と啞然と呟くと、佐伯の三白眼が眇められる。

里玖はビクリッと肩を揺らした。佐伯が悪人ではないとどうにわかっていても、どうにもこの眼光には慣れない。

「す、すみませんっ、ありがとうございますっ」

助かります！　と礼を言って、ひとまずベランダに出しておく。

「何かつくりますか？」

アルコールのアテになるものを用意しようかとキッチンに足を向けると、背後から伸びてきた腕に腰を捕られた。

煙草の匂いが鼻孔を擽った。かすかに香水の匂いも……そういう場所に出向いていたのだろうか。

そんなことを考えたら、どうしてか胸がザワリ……と波立つ。

「お風呂どうぞ。その間に――」

何かつくっておきますと、背中を包み込む熱に首を竦めながら提案する。

「おまえは、入ったのか？」

里玖の髪が半渇きであるのを確認しながら、低い声が問う。

「は…い、和くんと……」

お先にいただきました……と返す声が掠れるのは、このあとにつづく言葉が予想できるからだ。

「なら、ベッドで待っていろ」

命じられて、里玖はコクリと頷いた。それ以外に、返しようがない。

「あ、あの……っ」

バスルームに向かう佐伯を呼び止めかけて、しかし足を止めた佐伯に対して結局何も言えないまま「ごゆっくり」と言葉を足すしかない。

そのまま佐伯の部屋に行くのも躊躇われて、結局キッチンに立った。冷蔵庫内にあるもので適当にアルコールのアテになりそうなものをつくる。アイスペールやグラスは、部屋のバーカウンターにそろっているし、氷はカウンター下の冷凍庫にストックされている。

自分は何をしているんだろうな……と思いながら、トレーを手に佐伯の部屋に向かう。この間に、自室に逃げて鍵をかけてしまえばいいのに、そうしない。

最初に抱かれた夜からずっとだ。夕食後に仕事に出かけたまま朝まで戻らない日を除いて、毎日のように佐伯に求められる。

こんなことまでハウスキーパーの仕事に入っていないと言いながら、結局のところ逃げないのは自分なのだ。

身も蓋もないことを言ってしまえば、ようは気持ちいいのだ。だから、拒みきれない。

自分は男なのに。佐伯に強引に関係を結ばれるまで、そういった嗜好《しこう》など微塵もなかったはずなのに。すっかり慣らされて、今では渋々を装いつつも、佐伯からの誘いを待っている節すらある。

そんなはずないと自分で自分に言い聞かせても、その疑惑は日々胸の奥で膨らむばかりだ。

自分はこんな節操なしだったろうか……と、考えては撃沈する。恋人でもないのに、求められて、応じて、そればかりか快楽に流されている。

佐伯の部屋のバーカウンターにつまみの皿をのせたトレーを置いて、アイスペールとグラスを用意する。

食事時には料理に合ったアルコールをその都度選ぶ佐伯だが、寝酒はたいていウイスキーだ。恐ろしく度数の高い酒をまるで水のように呑む。燃費が悪いことこの上ない。

氷は使うときと使わないときがある。酒の種類によって適した呑み方が違うらしいが、さして呑めない里玖にはそのあたりの区別がよくわからない。本当は、佐伯が風呂から上がるまでの間に、気の利いたアルコールの用意のひとつもできるといいのだけれど……。

「何をブツブツ言っている?」

気づけばひとり言を呟いていたらしい。

背後からかかった声に驚いて振り返ると、風呂から上がった佐伯が、腰にバスタオルを巻いただけの恰好でそこにいた。

首からタオルを下げているのに、髪からは水滴が滴っている。いつも流している髪を下ろすと、佐伯はだいぶ印象が変わる。だが濡れ髪を掻《か》き上げていると、それもまた印象が違う。

「……え？　いえ、なんでも……」

ビクリと薄い肩を揺らす里玖に目を細めて、それからカウンターの上の皿に視線を落とす。いらないと言ったのだから余計な気を回すなと、三白眼が告げている。でもこれは、気を利かせたというより、手持ち無沙汰を埋めるために里玖が勝手にやったことだ。

「お酒、何になさいます？」

酒瓶の並んだ壁面を見やって問う。佐伯は答える代わりに、自分で手を伸ばして一本を取った。

ロックグラスになみなみと注いで呷る。湯上りにペットボトルのミネラルウォーターをがぶ飲みするかのような勢いでウィスキーを呑み干して、空いたグラスに今度はロックアイスを落とし、半分ほどウイスキーを注いだ。そのグラスを、里玖に差し出してくる。

「僕は……」

ウイスキーなんて呑めませんと、顔の前で手を振るも、佐伯は引かない。

「付き合え」

グラスを持つ手を突き出されて、しかたなく受け取った。

「……は、い」

氷で多少は薄まったかもしれない濃い酒に、恐る恐る口をつける。ほんの少し舐める程度に呑んだだけで噎せた。

「……っ、キツ……ッ」

以前に六〇度近い酒を呑んでいたことがあったが、今日のはいったい何度あるのだろう。ビールはまだしも日本酒でもきつい里玖には、もはや飲み物とは思えない。

「すみ…ま、せ……」

いいお酒なのかもしれないけれど、これ以上は無理だ。グラスを返すと、「ワインのほうが好きか」という呟きとともに、佐伯は里玖が返したグラスの酒を呑み干した。

「……？」

怪訝に顔を上げたら、さっきまでグラスを持っていた手に頤《おとがい》を捕られる。氷の冷たさを移した指がひやりと肌を刺激して、里玖は首を竦めた。

その反応をどう受け取ったのか、佐伯が少々荒っぽく唇を合わせてくる。

「う……んんっ」

抵抗をする気などないのに、まるで逃がさないというように腰をきつくホールドされ、痩身を広い胸に抱き込まれた。

里玖がすっかり佐伯の胸に体重をあずけきるまで口腔を貪《むさぼ》られ、膝から力が抜けたタイミングでべッドに放られる。

パジャマがわりのスウェットを引き下ろされ、カットソーを抜き取られて、細い腰を包む薄い布一枚も容易く白い太腿から抜き取られた。

自ら腰を浮かしてそれに協力している自分に気づいていながら、気づかないふりをする。あくまでも無理やりベッドの相手をさせられている風を装って、そのくせすぐに思考を蕩かせ、恥ずかしい声を上げる羽目になる。

「侠介…さ、んっ」

広い背に縋って、佐伯の情欲を受け止める。佐伯とこんな関係になるまで何も知らなかったはずの肉体は、大きな手に触れられるだけで熱を上げ、受け入れる場所を戦慄かせ、濡れた瞳に媚を浮かばせる。

「――……っ！」

深い場所を穿たれて、嬌声が迸る。いつもならもっともっと欲しくてたまらなくなるはずなのに、今日はどうしたことだろう。夕食時のワインに先ほどのウイスキーと、いつもよりアルコールを多く摂取したせいかもしれない。里玖は直後に佐伯の腕のなかで意識を飛ばしてしまった。

「……里玖？」

心配げな声が名を呼んだような気がしたものの、意識を浮上させることはできなかった。

意識が浮上したのは、アルコールが抜けたタイミングだったのか。それとも単純にひと眠りして体力が回復したためか。

真夜中に目覚めたとき、里玖は佐伯の腕の中にいた。広い胸に頬をあずける恰好で、佐伯にしがみつくようにして眠っていた。

「……っ？」

いつもなら、たっぷりと乱されたあと、朝までぐっすりだから、置かれた状況がすぐに理解できなかった。

そういえば今日は一回で堕《お》ちてしまったのだと思い出し、佐伯は怒っているだろうか、それとも呆れただろうかと、傍らの男の横顔をみやる。

「……っ！」

佐伯は眠っていなかった。

「どうした？　まだ夜中だぞ」

低い声がすぐ近くから届く。少し掠れた声は、鼓膜に心地好い。

そのまま瞼《まぶた》を閉じかけて、はたと気づく。いつもは朝までぐっすりだからしかたないとして、途中で目覚めてしまった今夜は、ベッドを出ていくべきなのか、それともこのまま佐伯のベッドで寝ていていいのだろうか。

里玖がもぞっと身じろぎすると、体勢が苦しいと勘違いしたらしい佐伯が、より深く胸元に抱き込んでくる。

「……っ！　あ……」

どうやらベッドを出ていく必要はないらしい。

けれど、より苦しい体勢になってしまって、里玖は今一度身じろいだ。

「あの……」

肩を少し浮かせると、佐伯が抱き込んでいた腕をゆるめる。そのまま背を向けることもできたものの、里玖は寝心地のいい場所を探して、佐伯の腕の付け根あたりに収まった。

それを見ていた佐伯が、「やはり女とは違うな」と何気なく呟く。里玖の胸がドクリと鳴った。

――……？　なんだろ……？

このもやもやした感じ？

和がいることからも、佐伯はゲイというわけではないようなのに、どうして自分を抱くのだろう。

理由がはっきりしないがためのもやもやだろうか。

なんだか目が冴《さ》えてしまった。やはり自室に戻ったほうがいいかもしれない。

「あの……」

「和が母親を恋しがる様子はないか？」

「……え？」

里玖の言葉を意図的に遮ったわけではなかった。たまたま言葉が重なってしまっただけだ。

佐伯が視線を寄越す。

「そう…ですね……」

和は、あの年齢の子どもにしては、聞き分けが良すぎる。佐伯に対して駄々を捏ねる姿など見たことがないし、自分に対してもそうだ。母親のことも、口にするのを聞いた記憶はない。

それ以前に、この家には和の母親の存在を示すものが何もない。女物と思われる衣類や日用品は最初に里玖に渡されたエプロンだけで、それだって新品だった。

母子の写真が飾られているでもないし、アルバムも見かけない。和がいつも使っているタブレット端末の写真フォルダにも、里玖がこの家に来てから撮影した写真しか保存されていない。

「あの……和くんのお母さんは……」

離婚したのか死別したのか、それともたんなる別居なのか。

佐伯が眇めた視線を寄越す。そこに不機嫌そうな色を見て、里玖は失言だったと悟った。プライベートを詮索《せんさく》されるのは、誰だって嫌なものだ。

「す、すみませんっ、和くん可愛いし、侠介さんには似てないからママ似かな、って……だからきっとお綺麗な方なんだろうな、って……思った、だけ……すみません……」

立ち入ったことでした……と、首を竦めて詫びる。

しどろもどろに深く考えることなく吐き出したいいわけだったが、佐伯には引っかかる部分があったらしい。

「似てない、か……」

呟く言葉の重さに、里玖はますます慌てた。子どもが自分に似ていないと言われて嬉しい親などいるはずがない。

「……え？　い、いえっ、その……男の子は大きくなったらお父さんに似てくることも多いし、和くんはまだ小さいから……、だから、えっと……っ」

結局、いいわけすら尻切《しりき》れトンボになって、最後には「すみませんでした」と消え入る声で詫びる羽目になった。だが怒ったのかと思われた佐伯は、声を荒らげるでもなく、同意するかのように言葉を吐き出す。

「たしかに、似てねぇな」

自嘲《じちょう》気味に聞こえる口調だった。

自分の軽はずみな発言が佐伯を傷つけたと知って、里玖は困り果てる。

「すみません、そんなに……」

気にしているとは思っていなかった。単純に、和は母親似なのだろうなと、思っただけのことだったのだ。

「そうじゃねぇよ」

佐伯が、「誤解するな」と小さく笑う。「え?」と顔を上げると、思いがけない言葉が返された。

「和に母親はいない」

「……え?」

それはいったいどういう意味?

驚きに瞳を見開き、長い睫毛を瞬かせる。里玖の反応を受けて、佐伯が言葉を継いだ。

「半年前、あいつを置いて消えやがった」

端的な説明だった。

何年も顔を合わせていなかった女が、ある日突然、和の手を引いて「あなたの子よ」と現れた。佐伯から慰謝料を引き出すと、和を置いて行き先も告げずに消えたのだという。

「そんな……」

和を捨てていったという意味か? 慰謝料と引き換えに?

ひどい……と出かかった言葉を、どうにか呑み込む。

「半年前まで顔も名前も忘れ去ってた女だ。現れたときも、向こうが口を開くまで、思い出しもしなかった」

身に覚えがないわけではないらしい。それでも、深い付き合いではなかったということか。そういう大人の関係は、里玖には理解しがたいけれど、佐伯ならきっと一度だけでもと寄ってくる女性は多いのだろう。

その女性が、佐伯に結婚を迫るのではなく、子どもを押しつけて慰謝料だけを手に消えたというのが、里玖には信じがたかった。

「それで和くんを引き取ったんですか?」

じゃあ、佐伯父子の生活は、まだほんの半年余り? どうりで……と、ふたりの関係のぎこちなさにようやく合点がいった。

和はどんな気持ちで佐伯と暮らしているのか……それを考えたら、知らず涙が溢れた。

一方の佐伯は、突然子持ちになって、和にどう接していいかわからず、しばらくの間は同じ歳ごろの子どものある部下の夫人に世話を頼んでいたものの、それもいつまでもというわけにはいかず、とにかく和の面倒を見られる人材を探して里玖を雇った。

里玖が指摘するあれこれも、佐伯にとっては言われなくてはわからないことばかりだったに違いない。それでも佐伯は、「知ったことか」と怒鳴るでもなく、里玖の意見を聞き入れていた。佐伯なりに、和の父親になろうとしていたのかもしれない。

「呆れてんだろ」

言いながら、佐伯の大きな手が、涙に濡れた里玖の頬を拭う。

「……え？」

きょとんと瞳を瞬いたら、睫毛に溜まっていた滴が零れた。それも、無骨な指で拭ってくれる。さりげない気遣いに気づいてしまったら、三白眼で少々睨まれたところで、怯えることもなくなる気がした。

「女を見る目がねぇって、思ってんだろ」

自覚はある、と佐伯が自嘲する。

和も自分のような父親にあずけられて災難なことだと呟く声の苦さに、里玖は「そんなことは……」と瞼を伏せるしかできなかった。たいした経験値もない自分に、何が言えるわけもない。

「和はすっかりあんたに懐いたな」

満足げに言われて、嬉しいのに、つい天邪鬼に返してしまう。

「そんな……犬猫みたいな言い方……」

和だって本当は、里玖より佐伯と一緒にいたいはずなのだ。

「あんたのほうが、よほど母親らしいことをしてくれているると、ガキなりにわかるんだろ」

自分を置いていった実の母親より、里玖のほうが親らしいことをしてくれると、幼心に感じているのだろうと言う。

和が寂しくないようにと、毎日それればかり考えているけれど、でも誰も実の親の代わりにはなれない。里玖だって、両親を亡くしたときは寂しかった。伯母が親代わりになってくれたけれど、それでも親代わりであって親ではない。

「僕は……ただの保育士兼ハウスキーパーです」

それ以上でも以下でもない。

シングルファザーとして佐伯が和と過ごす時間をこれ以上割けないのであれば、別の方法を考える必要があるだろう。

「住み込みのハウスキーパーを雇うより、和くんに新しいお母さんをつくってあげたほうがいいんじゃないですか」

和はまだ小さい。本心では母親を欲しているはずだ。

つい一般論を口にしてしまったのは、そう答えるのほうがいいのではないかと思ったから。里玖自身がどう考えるのであれ、ここは無難な言葉を返しておくほうがいいような気がしたのだ。なんとなく。

なぜなら、どう転んでも自分は和の母親にはなれないし、それを求められているわけでもないと思ったから……。

「新しい女をつくれ、ってことか？」

佐伯がつまらなそうに言う。

「和くんのお母さんが戻られないなら、それしかないかと……」

消え入る声で返す。妙に息苦しいのはなぜだろう。

ハウスキーパーとしての契約は、基本的に月単位だ。不要になれば契約更新されないだけのこと。和の世話をするのが里玖である必要性はない。佐伯家との契約を切られたときには、伯母に頼んでまた新たな仕事を探してもらうよりほかない。佐伯家ほど好条件の仕事はまず見つからないだろうけれど、贅沢を言える立場ではない。

仕事を失う不安を感じているのだろうかと、自身の心情を分析してみる。でも、どうにもしっくりこない。

いったい何がこれほど胸をざわつかせるのだろう。

「俺に女ができれば、こういうことをしなくてすむと思っているのか？」

「……え？」

広い胸に引き上げられ、下から眇めた視線に曝される。

「……んっ」

驚きに瞳を瞬いた隙に、文句は聞かないとでもいうように、唇を塞《ふさ》がれた。

「あいにくと、女を自宅に上げる気はない。いろいろ面倒だからな」

だから、代わりに自分を抱くのだろうか。自分なら、契約が切れたらすっぱりと別れられるから？

「そう……です、か」

酷いことを言われた気がするのに、でも里玖は胸がトクリと高鳴る音を聞いていた。

——僕、今……。

喜んでる？

安心している？

自分がここにいる間は、佐伯が女性を求めることはない？　そう思っていいのだろうか。

「や……っ」

佐伯の腰を跨《また》がせられ、下から強直が間を割る。内部が戦慄くのが、自分にもわかった。この先の行為を期待しているのだ。

「口では嫌がる割に、身体は悦《よろこ》んでいるぞ」

「……っ、そんな……ことっ」

言葉で辱められ、淫らな反応を見せる肉体を暴かれて、常以上に欲望が燃え上がるのを感じた。

「や……っ、ど……してっ」

佐伯に跨がった恰好で、肉欲に翻弄されるままに腰を揺らしてしまう。止まらない。

「なんだ？　今日はやけに積極的なんだな」

面白そうに呟く甘い声が耳朶を擽って、里玖はますます乱された。

「言わ…な、で……っ、あ……ぁあっ！　い…ぃっ、気持ち…い……っ」

自分が何を言っているのか、わからないままに乱されて、本能に突き動かされるまま、欲情を貪った。

一度で収まらなくて、この夜はじめて里玖は「もっと」と自ら佐伯を求めた。

佐伯が瞳を眇める。いつもなら迫力が先立つ三白眼なのに、虚《うつ》ろに見上げた視線の先に見たそれは、どこか嬉しそうに微笑んでいるかのように見えた。

錯覚だと分かっているけれど、でも里玖は嬉しくて、逞しい首にぎゅっとしがみついた。

キスがほしいな……と思った。心の声が聞こえたかのように、佐伯はキスをくれた。

口づけに応《こた》えながら、里玖は甘い声を上げつづけた。

3

ペントハウスのバルコニーは、塀が高く外からは見えない造りになっているために、お陽様の下で洗濯物が干せるのがありがたい。

最近は、景観重視でベランダに洗濯物を干すのを禁止したり、禁止とまではいかなくても、外から見える手すりより高い位置に干してはいけない規則になっている物件も多いのだ。

海外ではセキュリティの観点から室内干しがあたりまえの風潮があるけれど、やはり洗濯物にはお陽様の光を当てるに限る。

とくに寝具には、お陽様をたっぷりと当てたい。

シーツと枕カバーを洗って、掛け布団を干して。洗濯機は三回まわした。お天気がいいうえに風もあるから、あっという間に乾いてしまう。

でも、シーツを干しながら赤面してしまうのは否めなくて、里玖は乾いて風に揺れるシーツに顔を埋《うず》めた。お陽様の匂いがする。

どうしても昨夜のことを思い出してしまって……。

――どうしてあんな……。

自分のあまりの乱れっぷりに、朝目覚めてから思い出して青くなった。

今朝は佐伯の顔を見られなくて、どうにか目を合わせないままやりすごそうと思ったのに、出がけのキスは拒めなくて、そのキスもいつもより濃厚で、身体の奥に昨夜の熾火《おきび》が燻《くすぶ》っていることを教えられた。

もう昼近いのに、まだ身体が熱い気がしてしまう。

――侠介さんが、あんなことするから……。

出がけのキスだけならまだしも、腰を抱き寄せた大きな手が、昨夜の痴態を思い出させるかに里玖の臀部《でんぶ》を揉んだのだ。

朝から濃厚すぎる接触のせいで、なんだか夜が待ち遠しいような……。

――な、何考えて……っ。

熱くなった顔をひとしきりシーツに埋めて、それから洗濯物を取り込む。

部屋の掃除は洗濯機を回している間に終わらせたし、買い物は里玖を迎えに行った帰りについでによってくればいい。

「あ、でも……」

逆方向にあるキッチングッズと製菓材料のお店を覗いてこようか。和のおやつをつくるための型と質のいい材料を買い足したいと思っていたのだ。

出かける準備をしていたら、遠くで電話の着信音が聞こえた。この家にきてからはじめてのことで、里玖は驚く。

最近では携帯電話しか使わない家も多いが、ファックスを使うことがあるためだろう、佐伯家には家電《いえでん》の回線が引かれている。

電話の呼び出し音は、佐伯の書斎から聞こえていた。つまりは仕事のために回線を引いている、ということだ。

すぐに留守電に変わるだろうと思っていたのだが、なかなか鳴りやまない。

急ぎの用なら、携帯電話にかけるだろう。最近では名刺にも携帯ナンバーが記載されているし、一見の仕事相手であっても、会社の代表ナンバーしか知らされないということも少ないはず。ましてや佐伯の仕事では……。と、考えて、自分は佐伯がどんな仕事をしているか知らないのだと気づいた。

ヤクザなのかと尋ねたときに、否定はしなかったし、和がヤクザ者の子だと苛められるのを避けたいと発言していたことから、里玖の問いを肯定したことになる。

フィクションのなかのヤクザの収入源といえば、水商売系の店の経営とか土建業とか？　それ以外となると、法律に触れるようなことしか思いつかない。

でも、和のことをあんなふうに気にする男が、犯罪に手を染めているとは思えなかった。父親の代まではは生粋のヤクザだったけれど、自分の代になって解散したとも言っていた。警察の摘発を逃れるためだとも聞いたけれど、どこまで本当なのかはわからない。

そんなことを考える間に、電話が鳴りやむ。

自分が取っていいものか悩んでいたからホッとした。――が、またすぐに鳴りはじめて、里玖はビクリと肩を揺らす。

どうしようか……と悩んだものの、これだけ何度も鳴らすのだから重要な電話かもしれないと考え、書斎のドアを開けた。ここには、掃除をするときにしか足を踏み入れない。

壁面いっぱいの書棚には、経済や法律関係の分厚い書籍が並ぶ。洋書も多い。変わったところでは医学書と書棚の片隅に並ぶ育児書。

それ以外は全部古い洋画のＤＶＤで埋め尽くされていて、真っ白な壁面をつかったホームシアター機能が完備されている。

窓を背に置かれたデスクの上で、電話の子機が着信ランプを明滅させていた。

「すみませーん、勝手に出ますー」

誰もいないのに一応断ってしまう。

「もしもし、佐伯ですが」

取り上げた受話器に応じると、突然ブツッと通話が切れた。

待ちくたびれて、切ってしまったのだろうか。タイミングが悪かったのかな、と首を傾げつつ、子機を充電器に戻す。部屋を出ようとしたとき、また電話が鳴った。

「……っ！」

今度は慌てて子機に飛びついた。

「もしもし！」

相手から苦情が聞かれたら、「何度も申し訳ありません」と詫びなければと思っていた。だが、今度もまた、通話はブツッと切られてしまう。

けれど今回は、タイミング悪く切ってしまった、といった印象ではなかった。あきらかに、里玖の声を聞いてから、相手は通話を切った。

「……え？　なにこれ……」

いたずら電話？

受話器を置いてすぐにまたかかってきたらどうしよう……と思いながら、恐る恐る子機を充電器に戻す。五秒……十秒……今度は鳴らなかった。

ホッと胸を撫で下ろして、書斎を出る。

次にかかってきても、出ないことにしようと決めた。どのみち自分にできるのは、佐伯が外出中である旨を告げることだけだ。

初日にもらった携帯電話で、佐伯に連絡を入れておこうかと頭を過ったものの、間違い電話だったのかもしれないし、夕食時にでも念のため話せばいいかと考えた。

それよりも、はやく買い物に行って、おやつの準備をしなくては。そうこうしている間に、和を迎えに行く時間になってしまう。

和の送り迎えのためにマンションの地下駐車場には主婦層に人気の車種の軽自動車が用意されているが、近所に買い物に行くには車はかえって不便だし、保育園の送り迎えも、近いから結局散歩も兼ねて歩いてしまっている。

車より自転車があったほうがいいなぁ……と考えながら、ひとりの買い物も歩いて出かけることにした。

商店街を歩くのはワクワクするし、歩いたことのない路地を散策するのも楽しみのひとつだ。妙になつっこい野良猫がいたり、通りに面した民家の軒先でだらけた姿で昼寝をする犬をみかけたり、ちょっとした発見が楽しい。

和とも、保育園の帰り道には、そうした散歩を楽しんでいる。

目的のキッチングッズのお店も、そうした散歩途中に見つけた。一本路地を奥に入った場所にあるから、車で移動しているだけでは見つけられないセンスのいい店だ。

海外から輸入された、ちょっと変わったクッキー型やマフィン型を扱っていたり、洋書のレシピ本が売られていたりする。

洋書は写真が綺麗だし、デコレーションの参考になる。味はというと、とくに甘味料の量を調節しないと、日本人にはとても耐えられない甘さのお菓子が仕上がるけれど、そのあたりは自分で調整すればいい。

そのキッチングッズのお店の並びに、製菓材料店がある。聞けば、オーナー同士が知り合いで、あえて並びに店を開いたのだという。

ここには国内外のオーガニックの材料が揃えられていて、和のためにできるだけ質のいいものを求めたい里玖にはありがたい。佐伯からは、生活費として使いきれないほどの金額を渡されていて、質の悪いものは買うなと厳命されている。

里玖も、自分が食べるだけなら、激安スーパーで買い求める食材で充分だと考えているけれど、和のためとなったら話が違う。何より、雇われている立場上、クライアントの意向は絶対だ。

キッチングッズの店と隣の製菓材料店で目的のものを買い求め、大満足で店を出る。つい目移りしてしまって、予定外に時間を食ってしまった。

「早く帰らなくちゃ」

商店街を大股に歩き、帰りは横道にそれずにマンションまでの最短距離を歩く。それでも、公園に住み着く野良猫にあいさつするのは忘れない。

「また今度、和くんと遊びに来るね」

「みゃぁおっ」

和の情緒教育のためにも、動物を飼ってはどうかと、今度佐伯に提案してみようか。そのまえに、和にアレルギーがないか、検査したほうがいいかもしれない。

そんなことを考えながら、足元にじゃれつく猫に手を振り、歩みを再開させようとしたとき、ふと後頭部に、チリチリするような、妙な気配を感じた。

「……？」

なんだろう？　と、振り返る。

だがそこには、公園脇の遊歩道を往き交う人の姿しかない。商店街を抜けてきたあたりだから、エコバッグやレジ袋を提げている主婦が大半だ。

——気のせい？

視線を感じた気がしたのだけれど……？

とくに不審な人影もなく、里玖は首を傾げつつも、歩みを再開させた。

そのあとはとくに気になる気配もなく、やはり気のせいだったのだろうとマンションのエントランスを潜《くぐ》る。ロビーに常駐するスタッフや警備員と「おかえりなさいませ」「ただいま」とあいさつを交わすのにもようやく慣れてきた。

今日のおやつは簡単なものにして、和が帰ったら一緒に夕食のロールキャベツを仕込むことにしよう。あとは煮込むばかりに下ごしらえをしてから、昨夜佐伯が買ってきてくれたハーブの植え替えをするのだ。

キッチンの作業台に必要なものを並べて、すぐにおやつづくりと夕食の準備に取りかかれるようにして、時計を確認し、和の迎えに出る。

家が遠い園児は送迎バスで送り迎えがなされるが、近い場合は親が直接園まで迎えに来ることが許されている。

園の門は決まった時間にならないと開かない。園に届け出のなされた親でなければ、園は園児を渡さない。

いろいろな事件が起きて、セキュリティはどんどん厳しくなるばかりで、どうにも味気ない気がしてしまうけれど、安全には代えられない。

それでも、毎日お迎えに来ていれば、顔見知りもできる。若いママのお迎えが多いなか、里玖の存在は特異に見えるようで、とくに最初は興味津々の視線を向けられた。

いまどきシングルファザーなど珍しくもないと思うのだけれど、里玖がまだ若いのもあって、女性たちの好奇心を刺激したようだ。里玖が和の本当の親でないことは、園長と担任しか知らないから、同級生の園児の親たちは皆、里玖を和の父親だと思っている。

「ただいまっ」

園を駆け出してきた和が、里玖を見つけて飛びついてくる。

「おかえり」

ぎゅっと抱きしめると、「おべんとう、ぜんぶたべたよ」と今日の報告をしてくれる。

「偉いねぇ、帰ったら、一緒におやつつくろうね」

「うん！」

見目麗しい父子の会話に、迎えのママたちが聞き耳を立てている。保育士たちも、微笑ましく見守っている。

「和くんのパパ、いつもおやつは手づくりなんですか？」

すごいですねぇと、保育士が声をかけてくる。それに便乗して、数人の若いママが寄ってきた。

「……え？　あ、はい。口にするものは、できるだけ手づくりの質のいいものを、って思って……たいしたものはつくれないんですけど」

するとと和が、「ぜんぶおいしいよ」と助け船を出してくれる。

「ホント？　嬉しいな」

小さな頭を撫でてやると、和は嬉しそうに微笑んだ。

「料理のできる男性っていいわぁ。うちのダンナなんて、インスタントコーヒーすら濃かったり薄かったりするのよ」

「お仕事はどうされてるんです？　在宅勤務とか？」

「もしかして、主夫ってやつ？」

ここぞとばかりに、囲んだママたちから質問攻めに合う。ずっと里玖に声をかけるタイミングをうかがっていたのだろう。

「え……っと」

シングルファザーなのか、それともキャリアウーマンを妻に持つ専業主夫なのかと、好奇心満々に訊かれても困る。里玖には答えようがない。

女性陣に囲まれてしどろもどろになっていると、和が里玖の袖をひっぱった。

「おうちかえろう」

「そ、そうだね」

和に助けられて、ママの輪から抜ける。和の手を引いてしばらく歩いたところで、和にそっと耳打ちした。

「ありがとう。助かったよ」

和は里玖が困っていることに気づいて助けてくれたのだ。とても敏《さと》い子だと思った。

少し自慢げに、和が「へへ」と笑う。そういう表情は、とても子どもらしいものだ。佐伯のまえでは緊張のそぶりを見せるが、自分のまえでは最初のころの他人行儀さはすっかり消え、普通に接してくれるようになった。

「さ、はやく帰ろっか」

「うん！」

手を繋いで、いつものように少しだけ回り道をして、散歩を楽しみながら、お買い物も済ませつつ帰途につく。

八百屋でロールキャベツに使うキノコを買い、園芸店で花の種を買う。

「夕べお父さんが、ハーブの苗を買ってきてくれたから、おうち帰ったら植え直そうね」

ポット苗は、早いうちにちゃんと植木鉢かプランターに植え直す必要がある。

「ごはんにつかうの？」

「ご飯にも、お菓子にも使えるよ」

だから一緒に世話をしようね、と言うと、和は興味深げにコクリと頷いた。

他愛無い話をしながら、自宅までの短い時間を楽しむ。

その途中、里玖はまた後頭部あたりにチリチリする感覚を覚えて足を止めた。

「……？」

今度も思い違い？　でも……。

「おにいちゃん？」

里玖が繋いだ手を引っ張る。「どうしたの？」と問う瞳を上げた。

「ごめん、なんでもない」

和の手をぎゅっと握って、少しだけ歩調を早める。

商店街の店のショーウインドウに目を走らせて、それに気づいた。電柱の陰に、不審な男の姿。

——……っ!?

振り返ることはせず、和の手を引いて歩く。

勘違いもありえると思ったからだ。

だが、別の店のショーウィンドウで確認しても、同じ男の姿がある。里玖は確信した。

——あとをつけられてる？

どうして？　と思った瞬間には、佐伯の顔が過っていた。

和を引き寄せ、絶対に離さないようにきつく手を握って通りを抜ける。もしタクシーが通りかかったら、たとえ五分の距離でも乗ってしまおうと考えていた。

交差点で赤信号に捕まる。

信号の向こう側に、背後をついてくる男と似た雰囲気の男の姿を認めた。

このまま信号を渡ってはいけない。切り替わろうとする信号を慌てて迂回《うかい》する。車の通りを利用して、ふたりの男をやり過ごした。

マンションのエントランスを潜ってしまえば問題ない。

「おかえりなさいませ」

いつものようににこやかに出迎えてくれる受付の女性を足早にやり過ごして、直通エレベーターに乗り込む。きつく握った和の手は、絶対に離さなかった。

部屋の玄関を入って、ようやく腰から力が抜ける。

「おにいちゃん？」

和が不安げな顔でしがみついてきた。

「和くんっ」

ぎゅっと抱きしめて、「ごめんね。びっくりしたよね」と頭を撫でる。

「なんでもないよ。大丈夫。大丈夫だから」

和をリビングのソファに座らせて、ベランダに出る。高層階の部屋だから、地上の様子はわからない。それでも、見かけたふたりの男の姿はないように思えた。

どうしたらいいのだろう。佐伯に連絡するべきだろうか。でもまだ仕事中だったら、邪魔をすることになる。それに、勘違いでない証拠もない。

ひとまず自宅内は安全だ。

佐伯が帰宅するのを待って、相談するのがいいかもしれない。

「おやつ、食べようか」

和に着替えてくるように言う。里玖が微笑むと、和はようやく安堵《あんど》の表情を見せた。

予定どおり、おやつを食べて、夕食の仕込みをして、ハーブの苗を植え替えて、帰り道に購入した花の種も蒔《ま》いた。

その間、ともすれば上の空になりがちだったのは里玖のほうで、その都度、和を不安にさせてはいけないと頭を振ることの繰り返し。

「お鍋《なべ》にロールキャベツを並べて、今日はトマトクリームソースで煮るんだよ」

トマト味が多いロールキャベツだが、トマトソースにホワイトソースを合わせて使うと、酸味がなく子どもにも食べやすい味になるのだ。

「きのこがいっぱーい」

和が鍋を覗き込む。

「栄養たっぷりだからね」

自家製の生パスタを添えれば、大人も満足できるメイン料理の出来上がり、だ。佐伯にはブラックオリーブを添えて、アルコールに合う味にアレンジすればいい。

佐伯が帰宅する時間を逆算して鍋を火にかける。

里玖がキッチンに立つ間、和はぎゅっと里玖の腰にしがみついて離れない。いつもなら、ソファのローテーブルでタブレット端末に向かっていたり、積み木などの知育玩具で遊んでいるのに。

「危ないから、ちょっと離れてて」

火を使っているときは、どうしても気を遣う。

だが、いつもは聞き分けのいい和が、どうしてか離れようとしない。ぎゅっとしがみついて、唇を噛む。

「和くん……？」

じっと大きな瞳が見上げてくる。その瞳に不安の色が滲《にじ》むのを見て、里玖は和の心情を理解した。

怯えているというよりは、里玖の不安を感じ取って、里玖をひとりにさせまいとしているのだ。

「ありがとう。心配させてごめんね」

目線を合わせ、ぎゅっと抱きしめる。

「大丈夫だよ。だって和くんがいてくれるもん。もうすぐお父さんも帰ってくるしね」

「うん」

キッチンタイマーをセットして、火力を調整し、コンロ前を離れる。

リビングのソファで和を膝に抱いて、佐伯が帰るまで、タブレット端末で知育ゲームに興じた。子どもの吸収力はすさまじい。初日に里玖が新たにダウンロードした知育アプリも、すでにかなり使い込んでいる。また新しいものを開拓しなくては。

和の高い体温が、里玖の不安を拭ってくれる。それは和も同じようで、ようやく心からの笑顔を見せた。

夕方、いつもより少しだけ遅い時間になって、佐伯が帰宅した。

和を膝から下ろし、玄関へ出迎える。

「おかえりなさい」

佐伯の顔を見たら、なんだかホッと安堵して、肩から力が抜ける。おかしなものだ。いつもなら鋭い眼光を向けられるだけでビクビクしているところなのに。

それに今日は、昨夜のこともあって、気恥ずかしさのほうが先に立つ。

「かわりはなかったか？」

「あ……はい」

一瞬迷ったものの、そう答えていた。

食事の前にあまり気持ちのいいものではない話を持ち出さなくてもいいだろうと思ったのだ。何より、佐伯の顔を見たら安堵して、昼間の恐怖は消えてしまった。

腰を抱き寄せられ、いつものキス。

耳朶に「身体は大丈夫か？」と訊かれて、真っ赤になって広い胸を押した。

「へ、平気ですっ」

夕食の準備は整っていますから……と、先にリビングダイニングに戻る。里玖の背を追いかけてきた佐伯が、「和」と呼びかけた。

たたっとやってきた和に、佐伯が手にしていたショップバッグを渡す。和は少し驚いた顔で、「ありがとうございます」と、それを受け取った。

「お土産？　なんだろうねぇ」

ふたりの会話を繋ぐように里玖が話に割って入る。

「わぁ……」

可愛らしいラッピングを解いて現れたのは、子ども用のエプロンだった。里玖が、買おうと思っていて、なかなか探せないでいたものだ。

淡いブルー地に大きなポケット、その薄茶色のポケットが植木鉢をイメージさせ、そこからひまわりが生えているデザインだ。緑色の大きな葉を広げ、黄色い大きな花が、ちょうど胸のところで満開になっている。

「可愛い！　よかったねぇ」

さっそく使おうね、とあてがってやる。和はいますぐに使いたいと言って、後ろでボタンひとつをとめるだけのシンプルな形状のエプロンをかぶった。後ろのボタンはとめなくても、さして問題はないが、里玖が手伝ってやる。

「可愛い！　侠介さん、見てください」

よく似合ってます、と和を佐伯に向けさせる。和は大きな目を輝かせて佐伯を見上げた。

「気に入ったのならよかった」

佐伯は相変わらずの不愛想ぶりだ。——が、その眼差《まなざ》しは決して険しくない。佐伯の大きな手が伸ばされて、和の髪をくしゃりと混ぜる。それだけのことで、和は嬉しそうに微笑んだ。

この日の夕食時、和はいつも以上に饒舌《じょうぜつ》だった。

保育園であったことを楽しげに話して聞かせ、ロールキャベツもモリモリ頬張って、おかわりもした。

相槌《あいづち》を打ってその話を聞いているのは里玖だけだが、一見無反応にも見える佐伯がちゃんと耳を傾けていることに、里玖はもちろん和も気づいている。

和の目は、常に父親を捕えていた。

どんなに懸命に世話をしても、自分は結局赤の他人。和が本心から求めるのは佐伯なのだと思い知る。寂しく感じる一方、ある種の安心も覚えた。和が本心から佐伯を怖がっているわけではないとわかったからだ。

怖く厳しい父親だと感じているかもしれないけれど、自分のためを思ってくれていると、幼いながらにちゃんと理解している。

昨夜聞いた話はショックだったけれど、でも和は佐伯に引き取られてよかったのだ。きっと幸せになれる。

安堵するあまり、里玖は大切な話を後回しにしてしまった。

和に聞かせたくないと思ったのも、理由としてひとつある。

だから、和を風呂に入れ、寝かせつけたあとで、佐伯に話せばいいと思ってしまったのだ。

結論としてそれは失敗だった。

佐伯の怒りを買ってしまったのだ。


和が寝入ったのを確認して、里玖はリビングダイニングに戻った。

佐伯は二本目のワインを開けていて、だが酔いの気配はまるでない。これほど燃費の悪い人間もあまりいないだろう。

だから、佐伯の反応が、アルコールによって左右されることはない。

それがわかっていたからこそ、里玖はこのタイミングで「実は……」と昼間の一件を話した。が、すぐにタイミングを間違えたことに気づかされた。

「なに？」

佐伯に眉間に深い渓谷が刻まれる。手にしていたグラスを置いて、「詳しく話せ」と里玖の二の腕を摑んで引き寄せた。「僕の勘違いかもしれないですけど」と前置きして、里玖は状況を先よりもう少しだけ詳しく説明する。

「和くんをお迎えにいった帰りに不審な男性につけられた気がして……あと、マンション前の信号のところでも、似た感じの人がひとり……」

待ち伏せされていたような気が……と、声が尻すぼみになったのは、佐伯の眼光の鋭さに耐えかねたためだった。

「顔を見ればわかるか？」

厳しい口調で訊かれて、「たぶん」と頷く。

とくに後ろをつけてきていた不審な男の顔は、ショーウインドウ越しではあるものの、二回確認している。

その一方で、信号の向こうに見たはずの男の顔は、距離的には近かったはずなのに、よく思い出せない。

里玖を横に座らせたまま、佐伯が携帯端末を取り出す。登録ナンバーをタップすると、もののワンコールで相手が応じた。

「俺だ。例の組織の構成員のデータはそろっているか？　……ああ、それでいい。……いますぐ持ってこい」

低い声は、この家に来た当初に里玖が怯えたぶっきらぼうな声音とも違う。もっと硬質で、もっと威圧的な色を宿していた。

聞く者すべてを平伏させる圧力のようなものを感じる。人の上に立ち、命じることに慣れているのが口調からわかる。

拳を揮《ふる》わずとも、対峙《たいじ》する者を屈服させることが可能な、圧倒的な存在感。いつもと変わらないはずのリビングの風景が、まるで違って見えた。

初対面で、絶対に素人ではないと佐伯に対して印象を持った里玖だったが、あのときの佐伯は、それでも充分に穏やかだったのだと気づかされる。

——構成員？

組織というのは、いわゆるそういう組織のことか？

佐伯は親から引き継いだ組織を解散させたのではなかったのか？　やはり本当に、警察の摘発逃れのために代紋を下ろしただけのことで、事実上組織は存在しているのか？

だとしたら、いったい何があったのか？

映画か小説で耳にしたことがある。ヤクザ者はたとえ構成員の家族であっても、カタギには絶対に手を出さないと。そういう義侠心こそが、マフィアとは違うところなのだと。

けれど、それはフィクションのなかだけの話なのだろうか。自分と和は狙《ねら》われたのか？　いや、ハウスキーパーとして雇われているだけの自分が狙われる意味はない。狙われたのは和だ。

「……っ」

ゾクリ……と背を悪寒が突き抜けた。首を竦め、膝の上でぎゅっと手を握る。震える唇を噛んで、白い拳を睨むように視線を落とす。

「里玖？」

里玖の横顔から血の気が引くのを見て、佐伯が目を眇める。

膝の上で握りしめた拳に、大きな手が重ねられた。里玖はビクリッと大袈裟《おおげさ》なほどに肩を揺らしてしまう。

「……あ、す…みま、せ……」

強張る顔を上げる。自分は今、きっと酷い顔をしているはずだ。けれど、微笑みを繕うこともできない。

「和くんに何もなくてよかったです」

自分はともかく、和に何かあったら大変だ。

「僕が庇《かば》えればいいんですけど、とてもかないそうにないし、お役に立てなさそう——」

つけてきていた男はいずれもチンピラ風で、荒事に慣れているように見えた。自分など、片手でのされてしまいそうだ。それでも、身体を張って和を助けられればまだいいが、それすら自分には厳しい気がする。

保育士になろうと決めたときに、昨今の社会事情を考慮して、何か護身術のひとつも習っておけばよかった。——などと、いまさらなことまで考えてしまう。

すると佐伯が、やれやれといった様子で深いため息をつく。

「おまえ、いつもそうやって……」

「……え？」

何か言いかけて、佐伯は言葉を切ってしまう。

「なんでもねぇ」

吐き捨てられて、里玖は首を竦めた。

「すみません。僕なんかじゃ、そもそもなんの役にも立てませんね……」

自分が気を揉んだところでどうなるわけでもない。余計な気を回すなと言われそうだ。

玄関チャイムが鳴る。

どうしたら？　と佐伯の顔をうかがう里玖をソファに置いて、佐伯が腰を上げた。来客に応じていた佐伯が、ふたりの男を伴って戻ってくる。

ひとりは銀縁眼鏡《めがね》のインテリ風の長身、もうひとりは高身長の佐伯より大柄なスポーツマン風。銀縁眼鏡の男は佐伯と変わらないくらいの年齢だろうか、高学歴のエリートビジネスマンと言われても疑わないだろう整った容貌だ。一方、大柄な男のほうはまだ若い。だが里玖よりは幾つか歳上に見える。鍛えられた肉体は警察の機動隊員か自衛隊員のようにも見えた。

ふたりは礼を尽くして、里玖のまえに立つ。里玖は啞然と見上げるばかりだ。

「こちらを」

銀縁眼鏡の男性が、佐伯に小型のタブレット端末を差し出す。

「このなかに、見た顔はあるか？」

「……え？」

写真アプリに納められていたのは、証明写真風のものから、集合写真から該当人物だけ切り抜いたと思《おぼ》しきもの、あるいは隠し撮りと思える写真など、さまざまな人物写真だった。

共通しているのは、どの写真に写るのも人相が悪い人物ばかり、という点だ。実にわかりやすく、玄人筋の人間ばかりだ。

佐伯に促されるまま、タブレット端末に表示される写真データをめくっていく。十数枚をめくったところで里玖の手が止まった。

「たぶん、このひと……」

ひとりを指さして、「でも……」と、念のために最後まで写真を確認する。全部確認して、先の一枚に戻った。

「やっぱり、このひとです。うしろからついてきたひと」

信号のところで見かけた男性の顔は思い出せません……と詫びる。

写真を表示させたタブレット端末を、佐伯が「こいつだ」と銀縁眼鏡の男に渡す。眼鏡の奥の切れ長の瞳を眇めて、男性はひとつ頷いた。

「やはり、社長が指摘されたとおり、梶浦《かじうら》組の舎弟です」

「そうか」

何か思い当たる節がありそうな顔で、佐伯も頷く。仕事でトラブルでもあったのだろうか。

「もうひとりも、梶浦の構成員か準構成員のなかにいるものと思われます」

手配します、とタブレット端末を引き取る。佐伯は「まかせる」と頷いた。

「警備を強化します。坊ちゃんの送り迎えはいかがしますか？」

佐伯が里玖を雇ったのは、玄人筋にしか見えない自分が和の保護者として表に出ることを躊躇ったからだ。だから、今日までは里玖が和の送り迎えをしてきた。その佐伯の気持ちを、里玖も汲《く》んできたつもりだったけれど……。

どうするのだろう。ボディガード付きで送迎なんてことになったら、和が保育園で浮いてしまいかねない。苛めに遭う危険性もある。

子どもというのは残酷で、異質なものを容赦なく排除しようとする。自己防衛本能が強くて、いざとなったら他人を気遣うより自分を優先させる。だからこそ、いじめ問題は根深いのだ。

保育士として勤めた短い期間にも里玖は嫌というほどそうした事例を見てきた。どうして自分に置き換えて友だちを慮《おもんぱか》れないのかと、喉元まで怒鳴り声が出かかったことが何度あったかしれない。

そういう子どもはたいてい、親や家庭に問題がある場合が多いのだが、ほとんどの事例において、とくに親にはその自覚がない。

そうした親たちに比べたら、自分という存在を消してまで和に平穏な生活をさせてやろうとする佐伯は、よほど親として人としての情に溢れているように思う。

「明日からしばらく、保育園は休ませろ」

即断だった。部下の言葉に悩む素振りも見せはしない。里玖は「え？」と目を瞠《みは》った。予想外の返答だったからだ。

「おまえも、しばらく部屋から出るな。必要なものがあれば、こいつらに届けさせる」

それはどういう意味だ？

それほど危険だということか？

「で、でも……っ」

自分はともかく、和は……。せっかく保育園でお友だちもできたころだというのに。

「病欠ということにしておけ」

保育園への連絡は任せると言われる。

「和くんにはなんて……」

どう説明するのか。佐伯の仕事の件を、和が理解できるとは思えない。

「適当に言い聞かせろ」

「そんな……っ」

子ども相手だからと、適当にはできない。親のそういう態度が、子どもを傷つけ、ときにはトラウマを植え付ける。

「ちゃんと佐伯さんから……っ」

佐伯に食ってかかろうとする里玖を、硬質な声が遮った。銀縁眼鏡の主だ。

「小早川里玖さん、でしたね」

物腰はおだやかだが、グラスの奥の瞳にはただならぬ光。

「は……い」

こんな男が佐伯に従っているのかと考えると、佐伯がいったいどんな立場にあるのか、里玖には理解がかなわなくなる。返す声が掠れた。

「社長の指示にはしたがっていただきます」

冷ややかにも聞こえる声が、反論は許さないと言外に牽制《けんせい》してくる。里玖は青くなって「すみません」と詫びた。

「やめろ」

佐伯が銀縁眼鏡の部下を止める。低い声は、やはりこの家の中で里玖が聞いた記憶のない、わかりやすく言えばドスの利いた声だった。

銀縁眼鏡の男性は、不服そうにするでもなく、黙って腰を折り、一歩退《さ》がる。そのさらに一歩後ろで、大柄な男は部屋に入ってきてからずっと直立不動だ。

「うちの社の人間だ。何があっても、こいつら以外にドアを開けるな」

顔を覚えておけと言われる。

佐伯が無言で促すと、ふたりは腰を折り、ようやく自己紹介をした。佐伯の許しのない発言は許されないようだ。

「社長の秘書をしております、七緒《なな お》と申します」

見た目はエリートビジネスマン風だが、醸す雰囲気は〝秘書と書いて若頭とルビをふる〟のではないのか？　と訊きたくなる。眼鏡に隠された相貌が整っているが故に余計、抑揚のない口調が迫力を帯びるのだ。

「付き人兼運転手の木嵜《きざき》です」

次いで大柄な若手が腰を折る。ボディガードの間違いじゃないのか？　と、やはり訊きたかったが、とても口にできる場の空気ではなかった。

里玖の抱いた印象は、真実を突いていると思われる。佐伯が組長と名乗らないのと同じことだ。

「り、理由は、教えていただけないんでしょうか？」

ヤバイ組織の人間が、佐伯への嫌がらせなのか報復なのかわからないが、なにがしかの目的を持って圧力をかけてきているということだろう。詳細説明がなくても、その程度の想像はつく。しかし、何がどうなっていて、どんな危険が予想されるのか、もう少し説明してもらえないと、警戒のしようもない。

「和くんに説明するにも、それなりに……」

説明する側が話をわかっていなければ、納得させることなどできない。

相手は子どもだろう、という空気を三人から感じ取って、里玖は声を強めた。普段子どもと接していない人にはわからないのだ。

「子どもはバカじゃありません！　誤魔化されていることには気づきます！」

だから、可能な範囲でいいから説明がほしいと訴える。

ソファの隣で、佐伯は渋い顔で口を噤《つぐ》み、腕組みをして動かない。その佐伯ににじり寄るような恰好で、里玖はじっと横顔を見据えた。

「お話されてはいかがでしょう？」

均衡を破ったのは、佐伯でも里玖でもなかった。思いがけない人物が自分の味方をしてくれたと一瞬思った里玖だったが、七緒の思惑は別にあるようだった。

「七緒」

佐伯が制しようとするのを構わず、七緒がグラスの奥の冷ややかな視線を里玖に向ける。こちらの世界に踏み込む勇気があるのかと、訊かれている気がした。

「社長が話しにくければ、私が代わりに説明させていただきます」

そのほうがよさそうですね、と目を眇める。

「我々も、いまでこそ普通に株式会社の社員ですが、もともとは龍聖会《りゅうせいかい》という任侠団体の構成員でした」

七緒の口から固有名詞が紡がれたことで、置かれた状況が俄《にわ》かに現実味を帯びる。リアリティをもって受け止めていなかったという意味ではない。心のどこかで、悪い冗談だと思いたい自分が存在していたのだ。

「三代目が襲名されたとき——」

七緒の言葉を、佐伯が片手を軽く上げることで制した。

「その先は俺から話す」

観念したように、佐伯が唸《うな》る。

「そうしていただけましたら幸いです」

しれっとした口調で言って、七緒は里玖から視線を外した。

この人は、自分を邪魔に思っているのだと里玖は感じた。自分のような一般人が佐伯の傍にいることを、快く思っていないのだ。

それはそうだろう。和を守るだけでも大変なことだろうに、自分など血縁者でもないまるで無関係の人間なのだ。

「ここはもういい」

七緒と木寄に「さがれ」と命じる。

七緒が、チラリと里玖に視線を寄越す。そして言った。

「ご命令を、まだいただいておりません」

言われた佐伯は、三白眼を眇めて七緒を見やる。何が気に障ったのか、上下関係において問題のある発言だったのか、里玖にはさっぱりだが、ともかく里玖なら震えあがるような佐伯の眼光にも、七緒は余裕の顔だった。

一瞬、氷点下まで落ちた部屋の空気が、しかし次の瞬間には正常に戻る。無言のうちにどういう水面下のやりとりがあったのか、まるでわからない。

佐伯が、ソファに背を沈め、長い脚を組み替える。そして、いつもとは違う口調と声音で七緒に命じた。

「二度と舐めた真似《まね》できねぇように叩き潰《つぶ》せ」

これが、本来の佐伯の姿なのか。

七緒は満足げに口角を上げて、「御意に」と腰を折る。その一歩後ろで木嵜も。

里玖は、佐伯の横で俯いて、膝の上でぎゅっと拳を握るばかりだった。

部屋を出ていくとき、七緒の視線を感じた。さっさと出ていけと言われている気がした。

彼らは、佐伯のためなら身体を張るのだろう。そんな彼らにとって、組織に無関係のくせして佐伯と和の傍にいて、足手まといになる可能性のある里玖は、一番邪魔で面倒な存在に違いない。

玄関ドアの閉まる音を聞いて、佐伯が面白くなさそうに舌打つ。

「七緒のやろう……」

余計なことを……と呟くのを聞いて、里玖は恐る恐る佐伯の横顔をうかがった。

「あの……？」

七緒は忠実な部下ではないのか？　だからこそ、この部屋に入れたのだろうに。それとも、そういう意味ではない？

「なんでもねぇ」

里玖の問いたげな視線を振り切るように吐き捨てたあとで、「悪かった」と、乱暴な物言いになっていたことを詫びてくれる。

「いえ……」

いつもは、和のために気をつけているのに違いない。でも、一歩外に出たら、これが佐伯の本来の姿なのだ。

ときどき煙草の匂いをさせて帰宅するのに、家では一切吸わないもの和のためだ。外では吸っているのだろう、口づけが苦いからわかる。

里玖は、そういう佐伯の側面しか見ていなかった。

だから、そもそもは極道だったと聞かされても、リアリティを持てずにいたのだ。強面なのを逆手にとってそんな冗談を言っているのではないか……と、心のどこかで思っていた。

絶対に素人ではないと肌感覚で察していながらも、見たくないものから目を背ける防衛本能が、里玖から現実味を奪っていた。

だって、やさしかったから。

顔が怖くても、眼光が鋭くても、でも心は温かい人だとすぐにわかったから。

けれど、代紋を下ろし、組織を解散させたとしても、佐伯の名には龍聖会の肩書がついてまわるのだろう。企業家として佐伯が成功を成し遂げていても、いやだからこそ、過去を知る人間はそこに組織の力を見るのかもしれない。

佐伯は、観念したかのように口を開いた。

「梶浦ってぇ男は、もともとはうちの傘下の構成員だったんだ。親父の代の話だがな」

その当時にぺーぺーのチンピラだった男が、その後成り上がり、七緒が口にした梶浦組の組長におさまっているのだという。

「俺が組をたたむときに、抜けて対立関係にあった組織に鞍替《くら》えしやがったんだ。うちの幹部ふたり、病院送りにしてな」

鉄砲玉を送りこんできて、すでに引退を決めていた重鎮をふたり、病院送りにしたのだという。その後、襲われた重鎮二名は長期の入院を余儀なくされ、ひとりは寝たきりとなり、もうひとりは車椅子生活となって、不自由な老後を強いられることとなった。

佐伯の話に、里玖は「ひどい……」と目を瞠るよりほかない。

だが、ふたりとも家族と一緒に田舎に引っ込み、今は空気のいい場所に建つ施設で暮らしていると聞いて、少し安堵した。

佐伯は何も言わないけれど、きっとそうした一連の手配をしたのは佐伯だろう。組員の面倒を最後までみるのも自分の責任だと思っているに違いない。

「かかわらねぇようにしてたんだが、あんまり仁義を欠きやがるから、仕事をいくつか潰してやったんだ。もちろん法にひっかからないように」

こちらからはかかわらないようにしていたものの、向こうが事業の邪魔をしてくるものはしかたない。取引先にも迷惑がかかって、あまりにも目に余ったため、水面下でそれらを潰してやった。もちろん法律に引っかかるような下手なやり方はしない。

「梶浦んとこのメインの資金源はヤクだ。一番性質《たち》が悪りぃ」

まずはその資金源を潰し、警察の手が入るように仕向けた。そのあたりを、どうも手際よくやりすぎたらしいと佐伯が苦く笑う。それができるのは佐伯の配下だけだと梶浦が察して、報復に出てきたと説明された。

「中学生にも蔓延《まんえん》してたって、少し前にニュースになった……？」

薬物の密売組織が摘発されて、売人の顧客名簿のなかには未成年が多く登録されていたと、ニュースが衝撃的に報じていたのを覚えている。

「七緒のやろうが怒ってたな。容赦なくやりすぎだ、あいつ」

七緒は法律関係に詳しいのだという。そして木嵜は元金融マンだと聞かされて、里玖は大きな目を零れ落ちんばかりに見開いた。

「やつらの最終的な狙いはうちのシマだ」

「シマ、って……」

極道の世界で言う、縄張りのことだ。だが、佐伯は代紋を下ろし、組織を解散させたのではなかったか？

「うちの本社ビルと佐伯の屋敷がある限り、うちが組をたたんだところで他所《よそ》の組は手を出せねぇ。警察に書類を一枚提出しただけの話だ。代々受け継がれてきた街のありかたはそう簡単にかわらねぇよ」

龍聖会の名がその世界から消えても、その威光はいまだ健在、ということか。

だが、佐伯が完全に引退すれば、きっとそのパワーバランスは崩れるのだろう。つまり佐伯にとって和は、今現在一番のアキレス腱《けん》、というわけだ。

「あいつらがここを嗅《か》ぎつけるとはな……俺が甘かった」

このマンションは、龍聖会のシマとは外れた場所にあって、警察が奮闘した結果、ここらはそうした組織が一掃された土地だという。大きな繁華街もなく、目立つ企業が進出しているわけでもないために、そうした組織が利権を狙って再度進出してくることはまず考えられない土地だと聞かされた。

佐伯はそこまで考えて、和を通わせる保育園を探したのか。そのために、このマンションを用意して、和のために平穏な生活を確保したつもりだったのか。

それがいま、脅かされようとしている。

引退しようとしていた老人を襲撃して病院送りにするような、そんな命令を出す男が率いる組だ。何をしでかすかわかったものではない。

「今日のところは確認だけのつもりだったんだろう。それをおまえが、敏く気づいちまって、向こうにとっても誤算だったろうよ」

カンがいいな、と小さく笑われて、里玖は「子どもの安全が第一ですから」と答えた。

保育士も幼稚園教諭も、子どもが好きな気持ちがなければ務まらない仕事だが、それだけでも務まらない。昨今は安全対策もうるさくて、人間味のある触れ合いすら難しくなっている。

また自分の不注意で何かあったら……里玖にとってはそれが一番の恐怖だった。自分はいい。でも子どもだけは絶対に守りたい。二度と、失態は許されない。

「子どもだけは、絶対に守りたいんです」

膝の上で、震える拳をきつく握りしめる。

前職時、たしかに里玖は責任を擦《なす》りつけられただけだった。それでも、子どもが傷ついたことに変わりはない。その場にいなかったからと、責任逃れはできない。結局、守ってやることができなかったのだから。

このとき里玖が蒼《あお》い顔をしていたのは、多分に過去を思い出したからだが、佐伯はそうとは受け取らなかった。

「怖いか」

「……え？」

里玖の蒼褪《あおざ》めた顔をうかがい、震える拳に視線を落として、自嘲気味に呟く。

「知らなきゃそれで済む世界の話だからな」

「それは……」

そうだけれど……。

でも、里玖はもう巻き込まれてしまった。今さら知らなければよかったとは思えないし、思わない。

だというのに佐伯は、あくまでも無関係の第三者として里玖を扱おうとする。

「巻き込んですまなかった。安全が確保できるまで、しばらくのあいだ我慢してくれ」

カタがついたらすぐに解放してやると言われる。

——それって……。

クビって意味？

「違約金を払う。なんなら、あんたの新しい就職先を探してもいい。責任はとる」

「責任、って……」

自分にも、慰謝料を払うというのか？　和の母親にそうしたように？

里玖が蒼くなっている理由は全然違うのに、佐伯は勝手に話を進めてしまう。かといって、里玖にはそれに返す言葉がなかった。

自分は、雇われているだけのハウスキーパーにすぎなくて、和の母親ではないし、抱かれていても佐伯の特別な存在ではない。

――僕は……。

自分は佐伯のなんだろう？　佐伯にとって自分は、いったいどういう位置づけなのか。ベッドのなかでの行為まで金で買っただけの存在？

「そんな顔をするな」

「侠介さん……」

自分は今、どんな顔をしているのだろう。本当は、何に怯えているのだろう。

「おまえも和も、俺がかならず守る」

命に代えても……と言われて、里玖は驚いて顔を上げた。

――僕も……？

安心させようとして言ったはずの言葉が逆に里玖を怯えさせたと思ったのか、佐伯が自嘲とともに髪をくしゃりとかき乱す。

「極力、怖い思いはさせないようにと思ってたんだが……結局、怯えさせちまったな」

茶化した口調をつくりながら、その奥で、和を引き取ったのは正解だったのかと、自問自答している節が見える。

でも、母親に捨てられた和は、佐伯のもと以外に生きる場所がない。

「ぼ、僕は……別に……」

自分ももはや、ここ以外に居場所など考えられないのに……と思いながら、口に出せなかった。

「いつでも出ていけるように、準備だけしておけ」

突き放された気がした。

「で、でも……っ」

追い縋ろうとする里玖に、佐伯が現実を突きつける。

「あんたの素性がヤツラにばれたら、場合によってはあんたの伯母さんの会社にも火の粉が飛ぶ危険がある」

「……っ！」

そうだった。自分は決して天涯孤独というわけではないのだ。何かあったときに心配してくれる人がまだいる。迷惑をかけてはいけない人とのつながりがある。

「わかりました」

そう返すよりほかなかった。

「もう寝ろ」

時計を確認して、佐伯が言う。

「侠介さんは？」

「俺はまだ仕事がある」

夜中に出かけるかもしれないが気にするなと言われる。後ろ髪を引かれつつも「おやすみなさい」とリビングを出た。

いつも眠っている佐伯のベッドに足を向けるわけにもいかず、自分に与えられた部屋のベッドに横になる。

決して寒い季節ではないのに、冷えた部屋に冷えたシーツ、やけに寒々しく感じる白い天井。佐伯の部屋と、壁色は同じなのに。

佐伯が仕事から戻らない夜は、ごくたまに使うベッドだ。決してひとり寝がはじめてのわけではない。

なのに、ひどい違和感。

緊張と不安のせいだけでなく、眠れない。

身体はくたくたのはずなのに、睡魔が襲ってこない。

布団を頭からかぶっても、何度寝返りを打ってもダメだった。結局まんじりともできないままに、里玖は一夜を明かした。

明け方、リビングから人の声がして、佐伯が電話に応じているのか、あるいは七緒や木嵜が来たのだろうと察した。やがて人の気配が去って、出かけたのだとわかった。

痛む瞼を擦って起きだし、リビングのドアを開けると、ローテーブルには飲みかけのコーヒーの残ったカップがひとつ、残されていた。

起こしてくれたらよかったのにと思った。

自分はハウスキーパーなのだから、どんな時間だろうが起こして、「コーヒーが飲みたい」と言ってくれたら、美味しいコーヒーを淹れたのに。

この日の午前中は、起きてきた和にしばらく保育園に行けないことを言い聞かせ、極力ごまかしのないように、でもオブラートに包んで理由を説明した。

和は悲しそうな顔をしたけれど、「お父さんのいうとおりにします」と、頷いた。

そのあと保育園に電話をかけたら、すでに佐伯から園長に連絡がいっていた。園長は「いくら多額の寄付をいただいても、問題が起きてはねぇ……」などと、きっと佐伯には直接言えなかったのだろう、愚痴を零した。

せめてベランダで鉢植えの手入れをしようと思い、和と一緒に作業していたら、しばらくして七緒がドアチャイムを鳴らし、ベランダに出る時間も必要最低限にするようにと言われてしまった。最上階のペントハウスのベランダにどんな危険が及ぶのか、里玖にはまったくわからないけれど、七緒がそういうのなら、聞かないわけにいかない。

広いマンションではあるが、室内にこもって一日を過ごすとなると、なかなかに窮屈で退屈で、ストレスであることを、たった一日で痛感させられた。

最初の二日ほどは、手の込んだお菓子をつくったり、時間のかかる粘土細工をつくったり、普段はなかなか時間が取れなくて手を出せないでいたあれこれをして過ごした。

三日目あたりから、早くも和が外の様子を気にしはじめ、七緒に断って、ベランダで鉢植えの植え替えをしたり、剪定《せんてい》をしたりして、お陽様の下に出る時間を確保した。

やはり人間は、太陽光を浴びないとおかしくなる。

とくに子どもは、反応が顕著だ。和の気分が内にこもりはじめるのを、里玖はすぐに察した。

どうにかこうにか、一週間が過ぎた。

しかし、状況は変わらない。

佐伯は毎晩遅くに一度は帰宅するものの、シャワーを浴びて着替えるだけで、またすぐに出かけてしまうから、ろくに顔も合わせない。

里玖が寝ているときに、部屋のドアがそっと開けられることがある。佐伯だ。だが、起きたらきっと佐伯は里玖を起こしてしまったと気にするだろうから、里玖は寝たふりをする。

本当は佐伯の顔を見て安心したいし、今どうなっているのか訊きたいけれど、その気持ちにも蓋をする。

きっと和にも同じことをしているに違いない。和には、頭を撫でるくらいしてあげてほしいと思う。

今度、七緒に伝言を頼もうか。くだらないという顔をされるかもしれないけれど。

週末までは我慢しようと思ったのだろう、それまでワガママひとつ言わなかった和が、とうとう「お友だちとあそびたい」と言い出した。

久しぶりに、少し早い時間に佐伯が帰宅したのも、和に期待させてしまった原因だったかもしれない。ようやく以前の生活に戻れると期待したのに、まだダメだと言われて、とうとう我慢の限界がきたのだ。

小さな声で、「おうちから出たい」と訴える。

いつも他人行儀なほど子どもらしからぬ態度で佐伯に接する和が、佐伯の言葉には絶対に逆らわない和が、はじめてみせた主張だった。

泣いて駄々を捏ねるほうがよほど……と里玖はつらい気持ちになった。

大きな瞳を潤ませて、小さな拳を握って、でも佐伯の顔は見ない。俯いて、震えている。

里玖が手を差し伸べると、ぎゅっとしがみついてきて、ようやく「うえぇっ」と声を殺して泣きはじめた。

「和くん……もう少しだけ、ね？　我慢できるよね？」

里玖もつらかったが、言い聞かせるよりほかない。ちゃんと理由あってのことなのだ。

「おに…ちゃ……、……っ」

泣いて佐伯を困らせてはいけないと子ども心にも思うのか、溢れる涙を小さな手で懸命に拭う姿が痛々しい。

「ほっぺたが痛くなっちゃうよ」

擦らないで……と、手を止める。エプロンのポケットからガーゼのハンカチを取り出して、それで柔らかな頬をそっと拭った。

里玖には、これ以上和を諫《いさ》めることも、かといって佐伯になんとかならないかと訴えることもできかねた。

佐伯が頷かないからには、危険は完全に排除できていないのだろう。和を危険に曝すわけにはいかない。たとえその可能性が数パーセントのものであったとしても――それは希望的観測でしかないだろうが――何か起きてから後悔しても遅いのだ。

「明日はパンを焼こうか？　生地を捏ねて、パンダさんとかクマさんとかつくって……パンシチュー

もいいよね。焼きあがった食パンを分厚く切ってくり抜くの。それとも、甘いハニートーストほうがいいかな。アイスクリームのせて、小豆もいいよね」

どうにかして和の気を惹《ひ》こうとあれこれ提案してみるものの、和の気持ちが動く様子はない。里玖の胸にぎゅっと縋って、エプロンに涙を埋めるばかりだ。

小さな身体を膝に抱き上げ、やわらかな髪を撫でる。ラッコの子のようにしがみつく和の高い体温が愛《いと》しい。

これ以上どうしてやることもできなくて、里玖はただぎゅっと和を抱きしめた。

佐伯は難しい顔で、黙って里玖と和を見ている。危険だと言っているのがわからないのかと、怒鳴ってもよさそうなものなのに、何も言わない。

ややして、零れる長嘆。佐伯のものだ。

「車で送り迎えさせる」

「……え？」

不意打ちに返された言葉を、里玖の鼓膜は咄嗟に拾いきれなかった。

「園の行き帰り、車を出させる。木嵜のほかにもうひとりつける。園の一歩外に出たら、絶対に和の手を離すな」

園長に連絡を入れておくと言われて、ようやく外出の許しが出たことを理解した。

「侠介さん……」

ありがとうございます！　と、笑みを向ける。

「よかったね、和くん！　保育園に行けるよ！」

里玖の歓喜の声を聞いてようやく、和も許可が出たことを察したようだった。小さな手で、眦《まなじり》に溜まった涙を拭う。

「和、防犯ブザーとキッズケータイの使い方は覚えているな」

この家にきて最初に教えたやつだと佐伯が補足する。和はコクリと頷いた。

「何かあったら、すぐに呼べ。かならず駆けつける」

力強い言葉に、和のみならず里玖も安堵を覚えた。

「はい、お父さん」

ありがとうございます、と和がペコリと頭を下げる。

いったい誰の躾なのだろうか。和を捨てた母親が教えたとはとうてい思えないのだけれど……。

「よーし、明日のお弁当は腕によりをかけるからね！」

何がいいかなぁ？　と和の頬に頬をすり寄せる。和は「くすぐったいよぉ」と笑いながら、「オムライス！」と答えた。

この夜は、久しぶりに三人での夕食となった。

和は嬉しそうだったが、佐伯が纏う緊張は薄れていなかった。まだ、安全が確保できたわけではないのだと里玖は理解した。

いつもは和の好みに合わせるのだけれど、久しぶりに魚を焼いて、和食にした。佐伯は意外と、こういう家庭的で素朴な料理を好む。何を出しても文句を言わず食べてくれるけれど、毎日一緒に暮らしていれば、わずかな表情の変化でわかるものだ。

「煮物の味付け、どうですか？」

副菜は根菜の煮しめ。素材をひとつひとつ別に調理して合わせた本格派だ。

「美味い」

佐伯の返答はそっけないが、会話が面倒なわけではなさそうだ。

「ありがとうございます。あの……ほかにお好きなものはありますか？　メニューの参考にしたいので……」

佐伯の好きなものをつくると言うと、「かまうな」と返された。

「和の好きなものでかまわん」

「でも……和くんも、お父さんの好きなもの、知りたいよね？」

隣で煮物のニンジンを頬張る和に話を向ける。和は佐伯の顔と里玖の顔を交互にみやって、それからコクリと頷いた。

「和食が好きだが、洋食でもそれ以外でも、とくに嫌いなものはない」

「そうですか……」

あれが食べたいこれが食べたいといった反応を期待したわけではなかったが、なんでもいいと言われたも同然の答えは少し肩透かしだ。

箸を置いた佐伯が「すまんな、つまらん男で」と呟く。

「……え？」

面白くない、といった口調ではない。本当に申し訳なさそうに聞こえて、里玖は戸惑う。

「あの……」

会話が転がる前に、携帯電話の着信音に邪魔される。ディスプレイを確認して、佐伯は応じた。

「俺だ」

里玖と和に聞かれまいとするかのように、リビングを出ていく。佐伯の自室のドアが閉じられた。

姿の見えない佐伯を気にかけながら、和の食事を終わらせ、後片付けをする。和の歯磨きチェックをして、風呂の用意をしていたら、佐伯が部屋から出てきた。着替えを済ませている。

「先に寝ていろ」

それだけ言って、大股に玄関へ。里玖があとを追うと、和も追いかけてきた。

「明日の朝は、木嵜を迎えに寄越す。それまでは部屋を出るな」

「はい」

膝にギュッとしがみついてきた和を抱き上げて、「お父さんに行ってらっしゃい、って」と手を振るように促す。

和は少し躊躇したものの、「いってらっしゃい」と小さな手を振った。

佐伯の大きな手が、和の髪をくしゃり……と混ぜる。それから、里玖の頤を捕えた。

唇で軽いリップ音。

「……っ!?」

驚きに目を瞠ったのは、すぐ横に和の顔があったから。

佐伯の口許が、ニンマリとした笑みを浮かべる。「行ってくる」と、広い背が玄関ドアの向こうに消えた。

「おにいちゃん？」

しばらく触れ合っていなかったのもあって、衝撃が大きかった。何より、和の視線が……。

「な、なに？」

「おかおがまっかだよ」

「……っ！　……え？」

容赦のない指摘に、返す言葉を見つけられない。

和の純粋な視線が痛い。

「見なかったことにして」

幼児に言ったところで意味が通じるわけがないと思いつつも、お願いしてみる。顔が熱くて、和の顔をまともに見られない。

「うん、いいよ」

和の小さな手が、里玖の頬を撫でる。心配げに。

「病気じゃないよ」

だから大丈夫、と微笑むと、和は不思議そうな顔で小首を傾げた。

その夜も、佐伯は戻ってこなかった。

和に絵本を読み聞かせているうちに、気づけば里玖は、和のベッドで一緒に眠っていた。子どもの高い体温が、久しぶりに深い眠りをもたらしてくれた。

でも本音を言えば、佐伯の腕に抱かれて眠りたい。そう思う自分を、里玖はすっかりと自覚していた。

その根底にある感情も、もういいわけがつかないほどに自覚がある。

たかが口づけひとつで安堵できるなんて、自分はどれだけお安いのかと、自分で自分に呆れた。

早く生活が落ち着いたらいい。

そうしたら、勇気を振り絞って、佐伯に想いを告げよう。

両親を亡くしてから佐伯親子に出会うまで、ひとりでどうやって生きてきたのか、すでに思い出せなくなっている。

ダメならダメで、早いほうがいい。でないと、ひとりに戻れなくなる。

4

携帯電話への連絡に応じていた七緒が、短いやりとりで通話を切る。

「木寄からです。今、和さんを送り届けて、これから里玖さんをマンションにお送りするところだそうです。買い物をしたいとのご希望でしたので、木寄を同行させました」

荷物持ちくらいにはなるでしょうと、いつもながら辛辣《しんらつ》な物言いだ。

「園のほうは？」

「園長は寄付金で買収しました。その金で弊社のセキュリティシステムを導入させましたので、二十四時間監視が可能です」

「目を放すな」

「もちろんです」

頷いたところで、七緒が言葉を切る。

「――が、本当にこれでよかったのですか？」

言おう言おうと前から考えていたのだろう、ここぞとばかりに苦言を呈してくる。

だが、ただの苦言ならいくらでも聞くが、つづく言葉は禁句だった。

「結局ＤＮＡ鑑定も受けてな――」

あれほど言ったのに……と呆れ口調の七緒を、佐伯が硬質な声で止める。

「それ以上、言うな」

聞く気はないと一刀両断。

佐伯の横顔をうかがって、七緒は「あなたがそうおっしゃるのでしたら」と長嘆した。

「ですが、和さんはともかく、里玖さんは、完全なとばっちりですよ」

わかっていますか？　と今度こそ、苦言以外のなにものでもない指摘を寄越す。まったく容赦なく痛いところを突いてくれる。

「あんな初心《うぶ》そうな子どもに手を出すとは……」

社会人になって数年経過している年齢の里玖を子ども扱いする。それほど自分たちが、いい大人だということだ。

「日本の成人年齢は二十歳からじゃなかったか」

無駄と知りつつ返す。

「もう少しマシないいわけしてください」

案の定の切り返しだった。

「……っ、容赦ねぇな」

相変わらず……と毒づくと、「自業自得でしょう」と取り合ってもくれない。

「その覚悟もないのに手を出すなと言ってるんです」

相手はカタギですよ？ と、一番痛いところを突かれて、佐伯は苦い物を呑み込んだ。

言われなくてもわかっている。

代紋を下ろしたところで、変わらず警察の監視下にある自分たちと違い、里玖はまったくのカタギ者だ。自分が接触しなければ、こんな世界のことなど知らずに生きられた。今回のような危険に巻き込まれることもなかった。

それでも、欲しいと思ったものはしょうがない。いい歳の大人であっても、達観できるほどには枯れていないのだ。

「生真面目《まじめ》な金融マンを誘惑して裏街道に染めたやつが言うのか」

「あのバカがうちの受付で土下座したときには、うちはとっくに代紋を下ろしてましたよ」

ただの転職です、と言いきる。

盃《さかずき》を受けたいと木嵜が会社の受付前で床に額を擦りつけた数年前の出来事は、七緒のなかではなかったことにされているらしい。不憫《ふびん》なことだ。

「ものは言いようだな」

これほどサバサバと考えられるのなら、悩むこともないのだろう。

「あなたこそ。同じ女は二度抱かない、が信条だったんじゃなかったんですか？」

上司をとんでもないロクデナシのように言ってくれる。

「里玖は女じゃねぇ」

「なんの屁理屈ですか」

たしかに自慢できる信条ではないが、佐伯なりに理由があって、自身に強いたルールだった。

特定の相手はつくらない。そのほうが安全だと、育った環境から学んでいたからだ。だから結婚をする気もない。代紋を下ろした今、跡継ぎも必要なくなった。

あとは、代紋を下ろしたあとも自分についてくる酔狂な連中の生活を守ることだけが、自分に課せられた使命だと思って生きてきた。

だというのに……。

すべては、和の出現がきっかけだった。

でなければ、信用できる保育士を探したりしなかった。

「囲うからには腹を決めてください」

最初からそのつもりだったのではないかと言われて、佐伯は苦笑した。

そのつもりだった。だが、状況が変わった。

「今回のことで、嫌気がさしただろうさ」

里玖にはもちろん和にも、消しきれない極道の一面は見せないようにするつもりでいたが、そうそう都合よくいくはずもない。

「怯えて逃げるようなら、いいのですが」

どうでしょうか、と七緒が眼鏡のブリッジを押し上げる。

「里玖さんには逃げるという選択肢もありますが、和さんはどうなさるんですか？」

保護が必要な幼子は、佐伯以外に頼る術《すべ》がないはずだと言われる。

「あいつは？」

和の母親のことだ。佐伯から慰謝料を引き出して、和を置いて消えた女。

去るとき、和を振り返りもしなかった女を、佐伯は一生許すつもりはない。たとえこの先、やはり和を返してほしいと言ってきたところで、渡すつもりは毛頭ない。

「こちらの監視がついていることも知らずに、若い男と豪遊してます。ですが――」

「……？」

「あなた以外にも資金源がいるのではないかと。いくらなんでも金回りが良すぎます」

佐伯が女に渡した金は、無駄遣いさえしなければ当面生活に困らないほどの額だったが、あの派手好きな女なら、あっという間に使い切ってしまってもおかしくはない。

佐伯のなかで、ある可能性が浮上する。

「……。調べさせろ」

「手配済みです」

何をお考えですか？　と、七緒が眼鏡の奥の瞳を眇める。

「最悪の事態だ」

苦く吐き捨てる。

常に最悪の状況を想定して危機管理に動くのが、上に立つ者の務めだ。

だが、ビジネスならどんな最悪の事態も楽しむことが可能だが、人間には感情がある。喜びもすれば傷つきもする。ましてや和は、まだ幼い。幼子の心にトラウマを残すような事態を想定して動くのは、気持ちのいいものではない。

「ですが、これで梶浦は潰れます」

二度と立ち上がれないほどに、組織にも梶浦自身にも、致命傷を与える。

「根回しに時間も金も使ったがな」

代紋を下ろしたはずの自分が、その筋の重鎮連中に根回しをして歩く羽目に陥るとは。なにより一番面倒だったのは、どこへいっても幹部待遇で迎えるからヤクザに戻る気はないかとスカウトされつづけたことだ。

木寄は無口な男で、朝迎えに来たときも、必要最低限のことしかしゃべらなかった。

だがそれは、七緒にそう命じられているためであって、本来の彼は年齢相応の好青年であることが買い物に付き合ってもらっている間に知れた。

重い物を持ってくれたり、人にぶつからないように気を配ってくれたり、というだけでなく、里玖のひとり言にも、ひとつひとつ相槌を打ってくれる。

「社長から聞いてます。里玖さんの手料理、めちゃくちゃ美味いって」

「侠介さんが？」

そんなことを？　と尋ねたら、少し言い淀んで、「――って、七緒さんに代弁されてました」と申し訳なさそうにつづける。

「社長と七緒さんは付き合いが長いので、社長が言わないこともわかってしまうんです」

頭を掻きながら言う姿は、どこにでもいる青年のものだ。

「七緒さん、厳しそうな方ですね。僕、嫌われちゃったみたい」

睨まれたし……とつづけると、「そんなことありませんよ」と微笑んでくれた。

木嵜が送り迎えしてくれるのなら安心だし、和もすぐに慣れるだろう。だから午後、和を迎えに行く里玖を迎えに来てくれたときには、里玖はすっかり緊張を解いていた。

強面の佐伯に比べれば、元金融マンだったというだけあって、まったく人当たりのいい木嵜だが、しかし保育園の門の前で、他の親の目にとまらないように足を止める。里玖が視界に入る範囲で、けれどそれ以上は保育園に近づかない。送迎にくる親に不審に思われないようにと、佐伯から厳命されているのだろう。

「すぐに戻ります」

木嵜を残して、保育園の門を潜る。

お迎えに来ているのは、いつもの面々だ。「こんにちは、和くんパパ」と声をかけてくれるママもいる。

またいつかのように囲まれてもかなわないので、あいさつも早々に和の姿を探した。

和は、ひとりの保育士と楽しそうに話をしていた。担任を持っていない、ヘルプで雇われている若い保育士だ。

「パパ……！」

かしこい和は、家の外で里玖を「おにいちゃん」とは呼ばない。ちゃんと父親の言いつけを守っている。

満面の笑みで飛びついてきた和を受け止めて、「楽しかった？」と尋ねると、和は「うん！」と大きく頷いた。久しぶりの保育園は本当に楽しかったようだ。

佐伯が無理をきいてくれた甲斐《かい》があった。昨日までとは、和の表情がまるで違う。

和の手を引いて帰ろうとすると、さきほど和と話していた若い保育士が声をかけてきた。

「佐伯さん、お休みしてらっしゃった間の配布物とか、お渡ししたいので、こちらに来ていただいてもいいですか？」

本来、担任でもない、しかもヘルプで入っている立場の彼女が言うことではない。里玖が担任なら絶対に正規雇用ではない保育士に頼んだりはしないことだと思ったが、施設ごとに考え方も違うのだろうと納得させ、頷いた。

「……え？　あ、はい」

木嵜をあまり待たせたくないのだが、受け取るだけだからすぐに済むだろう。

「長くお休みしてしまってすみませんでした」

「いいえ。風邪が治ってよかったですね」

表向きは病欠扱いになっているのだ。そのほうがいろいろ詮索されにくいと判断したのだろう。

「おかげさまで」

嘘をついているのは心苦しいが、事情を話せないのだからしかたない。

こういうことが今後もありえるのだろうと思うと、和には早いうちに佐伯の仕事や自分の置かれた環境について理解させる必要があるのではないかと思う。——が、それは佐伯の役目であって、自分が口を出せることではない。

教室か職員室に通されるのかと思っていたら、廊下を逆方向に案内される。

こちら側にあるのは、入園式も行われた室内遊戯場と、職員用の駐車場だ。だがそういえば、室内遊戯場の手前に応接室があった。そこで話をしようということだろうか。

そう考えて、さして疑問にも思わず、里玖は和の手を引いて、若い保育士についていく。園児や迎えの母親たちの歓声が遠くなった。

ふいに、空気が変わるのを感じた。

——……え？

前を歩いていた若い保育士が、何かを避けるように横に退《ど》く。握った和の手を引いて、小さな身体を抱き込んだ。そのタイミングだった。

駐車場からチンピラ風の男が三人、駆け出してきた。

ひとりは、以前につけてきた、あの男だった。

声を出す隙もなく囲まれて、頬にナイフを突きつけられる。和の目に映らないように、小さな頭を胸にぎゅっと抱いた。

「な、なんですかっ、あなたたちは……っ」

佐伯が話してくれた梶浦組の舎弟に違いない。けれどどうして保育士が？

「ガキよこせ！」

戸惑う里玖に手が伸ばされる。

「嫌ですっ！　ダメ……っ！」

和をぎゅっと抱いて、己の身体を盾にした。

「こいつ！　死にてぇのか！」

「ガキよこせっつってんだよ！」

手を放せ！　と腕を摑まれ、乱暴に地面に転がされた。和を庇って、受け身も取れないまま、タイル張りの外廊下に背中を強打する。

「……っ！」

転がった拍子に、階段の角に頭をぶつけた。それでも和は放さなかった。

「おにいちゃん！」

腕のなかで、和が悲鳴を上げる。

「みちゃ……だめ……」

暴力的な光景を、見せたくない。

小さな頭をぎゅっと胸に抱き込んで、和の視界を遮る。

もう二度と、保育士失格の烙印《らくいん》を押されたくない。それ以上に、大切なひとの息子を守りたい。非力な自分でも和ひとりなら守れるはずだ。

「強情な兄ちゃんだぜ」

ナイフを手にしたチンピラに囲まれ、しゃがみ込んだひとりが腕を伸ばしてくる。頭が朦朧として、身体が自由にならない。

「和…く、逃げ…て……」

守りきれないのなら、逃がすしかない。ほかの保育士や親の目のあるところまで逃げられれば、助かる。

「やだ……おに…ちゃ……、やだっ」

逆に里玖を守るかのように、和のほうからぎゅっとしがみついてくる。

そんなことはしなくていい。早く安全なところへ——。

「俠…介、さ……」

助けて！　と声にならない声を懸命に紡ぐ。

届くわけがないと心のどこかでわかっていた。でも呼ばずにいられなかった。万が一の可能性でも、

佐伯なら叶《かな》えてくれるような気がして……。

「汚ねぇ手でそいつに触んじゃねぇよ」

地を這うような、低い声が里玖に伸ばされる男の手を止めた。

——……っ!?

「なんだ……っ!?」

驚いたチンピラたちが、一斉に声の主を振り返る。そして一様に蒼褪めた。

「き、きさま…は……っ」

チンピラの声が裏返る。

完全に腰が引けている。

「ずいぶん舐めた真似してくれたようだが、おイタはそこまでだ」

威圧感に満ちた声音は、訊き馴染《なじ》みはなくても、それでも佐伯のものだとわかる。静かな威嚇《いかく》は、暴力的なそれ以上に、効力がある。

「組がなくなっちまったら、義理立てする相手もいねぇだろ」

「なんだ…と……?」

言われた言葉の意味を理解しかねる様子で、チンピラたちはさらなる動揺を見せた。

「梶浦は上部組織から絶縁になった。てめぇらも、回状背負って逃げる気なら逃げな。——逃げ切れると思うんならな」

和を守るために佐伯が行った危険排除の徹底ぶりがようやく明かされる。

「組長が……絶縁？」

「回状……だと？」

回状とは、極道の世界における手配書のようなもののことだ。仁義に背いた連中を破門や除名するときに組織が発布する。それは系列組織の壁を超えて任侠界に回覧され、そこに名を書かれた者は、日本全国、極道の世界にはどこにも居場所がなくなる。まっとうな暮らしの出来ないやつらだ。組という寄る辺を失くせばどうなるか、先は見えている。

「て、てめぇ、なにを…した？」

「オトシマエのつもりか!?」

佐伯が意図的に梶浦組を壊滅に追い込んだと理解したのだろう、チンピラたちの顔色が蒼褪めるのを通り越して白くなった。

「くそ……っ！」

窮鼠《きゅうそ》猫を噛む。

いや、この場合は、窮鼠大虎《とら》を噛む、といったところか。

「うわぁっ！　くそっ！　くそぉおぉっ！」

やけっぱちになって手にしたナイフをふりまわし、ついには和を抱く里玖に向かって切っ先を振り下ろそうとする。

だが、襲い掛かろうとしていた手が止められ、ナイフが地面に落とされる。そして骨が砕けるような音とともにチンピラの身体が吹き飛んだ。

「……っ！　ぐふ…っ」

佐伯が、チンピラの片手を掴んで止め、凶器を奪ったうえで、殴り飛ばしたのだ。地面に強《したた》か背を打ち付けて、チンピラは動けない。ほかのふたりも、もはや戦意を削がれている。

「家族守るのに、オトシマエもクソもねぇだろ」

これは極道者としてのオトシマエなどではない。大切な家族を守っただけのことだと佐伯が吐き捨てる。

もはや敵ではなくなったチンピラには構わず、佐伯は和と里玖の傍らに片膝をついた。そうして、里玖の腕から和を抱き起す。

「和、よくがんばったな」

えらかったぞと、逞しい片腕でぎゅっと和を抱きしめる。和は大きな目を潤ませながらも、気丈にコクリと頷いた。

里玖が起き上がろうとすると、手を添えながらも止める。

「下手に動くな。すぐに車を回させる」

頭を打っているのだから、と傷を確認される。

「侠介…さ……」

「バカが。無茶しやがって」

苦々しく言って、乱れた里玖の髪をそっと梳く。

「ごめんなさい」

どうしても和だけは助けなくてはと思ったのだ。

裏手の職員駐車場のほうから車のエンジン音がして、七緒が駆けてくる。入れ替わりに、チンピラたちが逃げ出した。「無駄なことを」と七緒が吐き捨てる。

「病院には連絡済みです」

背後の木嵜に「和を頼む」と、抱いていた和をあずけ、佐伯が里玖の痩身に手を伸ばす。

「つらかったら言うんだぞ」

途中で気分が悪くなることもありえると、頭の傷に配慮しながら、佐伯は里玖をそっと抱き上げた。

地面に倒れたときに擦った程度のことだと笑って返す。「頭の傷を軽視しないでください」と厳しい声で返してきたのは、意外なことに七緒だった。

佐伯の腕に抱かれたまま、黒塗りの車の後部シートにのせられる。隣に、木嵜に促されて和がちょこんっと座った。

その和を、佐伯が里玖を抱くのと逆の腕で引き寄せ、力強い腕にふたり同時に抱き込んだ。

「侠介さんっ、……っ」

今さら恐怖が襲ってきて、震えが止まらなくなる。止《と》め処《ど》なく溢れる涙を、里玖は佐伯のスーツの胸元に埋めた。

汚れた頬を、無骨な指がそっと拭う。

その温かさが、安堵をもたらした。

もっと撫でてほしくて、里玖は大きな手に頬をすり寄せる。佐伯の胸に身体をあずけ、肩口に重い頭を乗せた。

「里玖？　大丈夫か？」

佐伯の、珍しく焦った声が鼓膜に届いたところまでは意識があった。和が「おにいちゃん？」と不安げに呼びかけたのも、かろうじて聞こえた。

車が急加速したのもわかった。

その直後、意識が途切れた。

次に気づいたとき、里玖は病院のベッドの上で、白い天井を見上げていた。

最初に視界に映ったのは、仏頂面で腕組みをする佐伯の眉間の皺だった。

病室は、かなり広い個室だった。時間はわからないが、カーテンが閉められていて、窓の向こうは薄暗くなっているように見える。

「検査の結果、頭部に異常はないそうだ」

今夜一晩は安静のために入院だと言われる。頭に鈍痛を覚えて手をやると、こめかみのあたりに大きな絆創膏《ばんそうこう》を貼《は》られていた。後頭部には大きな瘤《こぶ》。氷枕を当てられている。

「和くんは？　怪我はしてませんか？」

「ひとの心配より自分の心配をしろ！　そんなだから――」

思わず……と言った様子で怒鳴ったあと、佐伯が口を噤む。そして、「隣で寝ている」と教えてくれた。

「絆創膏を二枚貼った。それだけだ」

里玖が守ってくれたおかげでかすり傷で済んだと言う。

「そう、です…か……」

安堵したら、急に身体が重く感じられた。

あちこちぶつけて熱を持っているせいだ。それから、自分の腕に点滴の針がつながっていることにも、ようやく気づいた。

「明日の昼前には退院できる。木嵜に荷物を取りにやらせるから、退院したその足で帰れ」

「……侠介さん？」

問題は片付いたのではなかったのか？

里玖の問いた気な視線を、佐伯の三白眼が跳ね返す。

「今回の件はカタがついたが、次にまた同じことが起きないとは言いきれん。——と、訊かれて返したら、浅沼社長がえらい剣幕でな」

電話で事の顚末《てんまつ》を説明し、里玖の怪我の状態を告げたら、「可愛い甥っ子を傷モノにしたですって!?」「責任取る気あるんでしょうね！」と伯母がブチ切れたと言うのだ。

「伯母さんが？」

いつもクールでサバサバとしていて、両親亡きあとの保護者ではあったものの、どちらかといえば少し距離をとった関係だった。その伯母が、自分の身を案じて怒ったというのか。

「今は仕事で台湾にいるそうだ。明日の朝一の便で帰国して、病院に迎えに来ると連絡があった」

大切にされているな、と言われて、里玖は「はい」と頷く。

事件が解決したら、胸に秘めた想いを告げようと考えていた。そんな密《ひそ》かな決意も、伯母の名を出されたことで萎える。

「契約については、浅沼社長と話をする。いいな？」

「……はい」

力なく、頷く。

「……」

佐伯は、何か言いたげな顔をしたものの、結局それ以上口を開くことなく、パイプ椅子から腰を上げた。

「外に警護の者を置いていく。何かあれば使うといい」

買い物でも雑用でも、なんでも言いつけるといいと言い置いて、佐伯は部屋を出て行った。

ドアを開閉するときに、警護を命じられたスーツ姿の若い男性が、里玖に会釈してくれる。一見すると、どこにでもいる青年に見えた。

殺風景な部屋にひとり残されて、白い天井を見上げる。

白い頬を、一雫の涙が伝い落ちた。

すぐに止まると思ったのに止まらなくて、溢れる涙が枕を濡らす。やがて嗚咽《おえつ》が喉を震わせはじめて、里玖は掛け布団を頭からかぶった。

伯母の心配もわかる。佐伯の決断もわかる。では、自分の気持ちはどうしたらいい？　このまま何もなかったこととして消し去るよりほかないのか。

「バカだ、僕……」

布団のなかで呟く。

最初は無理やりで、決して合意などではなかったのに。酷《ひど》い男だと、佐伯を殴って罵《ののし》ってもいいはずなのに。

「なんで……」

いつの間に、こんなに好きになっていたのだろう。

自分のために佐伯が気を揉むことさえ、させたくないと思うほどに。

佐伯に気を遣わせるくらいなら、自分が苦しいほうがマシだ。どうせかないっこない気持ちなのだから。

拭っても拭っても、涙は止まらなかった。

やがて諦めて、枕が濡れるにまかせた。


翌朝、空港から直接病院に飛んできた伯母は、里玖の顔を見て、「ちょっと、なんなの！」と悲鳴を上げた。

チンピラに襲われて怪我をして入院、などと物騒な話を聞かされて心配して飛んできたのに、とうの甥は着替えまで済ませた状態で、ベッドにぼんやりと腰掛けているのだ。

しかも、こめかみの絆創膏以上に目立つ、タオルにくるんだ大きなアイスノンで両目を冷やしながら。その下から、ウサギのように真っ赤に腫《は》れあがった左右の眼《め》が現れたとなったら、悲鳴を上げもする。

「ちょ……なによ、酷い顔！」

顔も殴られたの？　と口にしたときには、殴られて瞼が腫れているわけではないと気づいた様子だった。

「もうっ、せっかくの可愛い顔が台無しじゃないの！」

伯母と里玖の母は歳が離れているが故に仲のいい姉妹だった。妹を可愛がる以上に、伯母は幼いころから甥っ子の里玖を可愛がってくれた。両親を亡くしてからも、決して過干渉になることなく、一定ラインを引いたうえで、ずっと温かく見守ってくれた。

「伯母さま……」

伯母の顔を見たら、安堵してまた泣けてきた。昨夜さんざん泣いたのに。

伯母は少し驚いた顔をしたものの、ベッドの隣に腰を下ろして、「そんなに怖かったの？」と頭を撫でてくれる。

涙が出るのは昨日の恐怖を思い出したからではなかったが、説明できるわけもなく、「……少し」と頷いた。

さすがに、全然平気だったなんて言えない。

凶器を向けられたのだ。普通に生きていたら、絶対に経験しないことだ。

「悪かったわね。厄介な仕事紹介しちゃって」

これ以上の好条件の仕事はなかったのだから、伯母が飛びついたのも致し方ない。伯母には里玖の借金のことも、仕事を追われたことも知られているのだから、少しでも割のいい仕事を……と考えてくれたのだ。

「いいえ。伯母さまは僕のために……」

「借金が清算できる額の慰謝料はふんだくってやるから！　伯母さんにまかせときなさい！」

可愛い甥っ子に怪我をさせて、ただですむと思わないでほしいわ！　と、拳を握る。

「お、伯母さま……あまり波風は……」

お金のことはもういい。それより和のことのほうが心配だ。

「あいっかわらずのお人好しね！　見た目はママにそっくりなのに、そういう余計なところばっかり父親似なんだから！」

そんなんじゃ、厳しい社会を生き抜いていけないわよ！　と叱《しか》られる。

「ごめんなさい……」

里玖の母は、伯母ほどではないものの、やはりパワフルなひとだった。一方で父は、おだやかで他人と争うことを嫌うひとだった。

「それ以上泣いたら目がとけちゃうわよ。ほら、笑って」

美味しいものでも食べて帰りましょう！　と、テンション高く言う。これくらいパワフルでなければ、女社長など務まらないのだろう。

「あんな酷い男のことなんて忘れちゃいなさい」

さ、行きましょう！　と背中を叩かれて、里玖は「……え？」と目を見開いた。

伯母は里玖の反応に気づかないまま「荷物はこれだけなの？」と、今朝がた木嵜が運んできてくれたボストンバッグを手に取る。

「危ない目に遭ったからって、わが子を里子に出そうだなんて、普通は考えられないわよねぇ」

伯母には世間話のつもりしかなかったのだろう。だが、里玖には衝撃だった。

――……っ!?

「伯母さま!?　それどういう……っ!?」

伯母のスーツの胸元に飛びついて、揺さぶる。

「……え？　さっき、駐車場の隅であの男が秘書と話してるの聞こえちゃったのよ。里親の選定がどうのって……あの和って子、里子に出す気なんじゃないのかしら？　まぁ、ヤクザ者の子として育つよりは、里親に引き取られたほうが幸せなのかもしれないけど……でもねぇ」

佐伯なら考えそうなことだと思った。

守ると言いながら、本当の意味での守り方をわかっていない。

里玖も和も、突き放されたいわけではないのだ。

「そんな……」

自分はいい。でも和は……。

和は両親から捨てられることになるのか？　母親とは違い、佐伯は和のためを思っての選択だったとしても、事実は変わらないではないか。

「里玖……!?」

病室を飛び出し、隣の部屋へ。そこはすでに綺麗に片付けられていた。通りがかった看護師に、「この部屋に入院していた男の子は!?」と尋ねる。

「今朝早くにご帰宅されましたが……」

皆まで聞かず、走り出していた。

「里玖!?　どこへ……っ」

伯母が驚いて呼び止めるものの、それどころではない。

「もうっ、しようのない子ね！　ロクデナシの子持ちなんかに捕まっちゃって！　あんたのママに顔向けできないじゃないの！」

高いヒールの踵《かかと》を鳴らして腕組みをする。

愛想つかせようと思って耳打ちした話だったのに！　と毒づく伯母の吐き捨てる声も、里玖の耳には届いていなかった。

大病院の駐車場は広い。

伯母に場所を確認してから飛び出してくるべきだったと、反省してもいまさらだ。

けれど、佐伯ならきっと、何かあったときに周囲に迷惑のかからない場所を選んで停めるはず。七緒でも木嵜でも、同じようにするはずだ。

病院の建物の裏手のほうに、アスファルトが少し古い駐車場を見つけた。停《と》められている車も、表の綺麗に整備された駐車場に比べるとまばらだ。

佐伯の車を探す。

大きな黒塗りのセダン。

駐車場に影をつくる大木の下に、それらしい車を見つけた。駆け寄ろうとして、人影に気づく。

長身の男性ふたり。佐伯と七緒だ。

「ですから、ＤＮＡ鑑定をおすすめしているんです。そもそも血の繋がりがなければ、罪悪感など持つ必要もないでしょう」

「そういう問題じゃねぇよ」

ふたりは、刺々《とげとげ》しい空気を纏って、意見を戦わせていた。

「では、いったいどういう問題です？　すべて梶浦の差し金だったんですよ。あの女の資金源を探れと命じられたのは社長のはずです」

「俺は確認しろと言っただけだ」

佐伯と和の、親子関係の真偽を調べるか調べないかで揉めているのだと理解した。

「その確認の最後の詰めが終わっていないと申し上げているんです」

「で？　検査してどうする？　どのみち――」

佐伯が言いかけた言葉を切る。

立ち竦む里玖に気づいた佐伯が、振り返り、視線を寄越した。そして、眉間に深い皺を刻む。

佐伯は里玖に背を向けていた。だが七緒は、里玖のほうに顔を向けていた。

「七緒？」

気づいていたな？ という上司の追及を、七緒は完全無視でスルーする。

里玖は、これ以上の距離を詰めることができないまま、胸の前でぎゅっと拳を握った。

「どういうことですか？」

ＤＮＡ鑑定？ つまりは、和が佐伯の実子ではない可能性があるということか？

――そんな……。

自分の知らないどんな事情が、水面下にあるのか。全部を知る権利があるとまではいわないが、訊く権利くらいはあるはずだ。

「和くんを里子に出すって、本当ですか？ ＤＮＡ鑑定って、なんの話ですっ⁉」

伯母が聞きかじった里子話だけではない。もっと深い事情があるのだと感じた。でなければ、ＤＮＡ鑑定なんて言葉は出てこない。

話す気のない佐伯に変わって、七緒が口を開く。

「和さんが、本当に社長の子なのか、という話です」

「やめろ」

佐伯が忌々しそうに制した。――が、七緒はまるで悪びれない。彼は、話すべきだと考えているようだ。

「どういう意味ですか？」

話す気のない佐伯ではなく、七緒に尋ねる。

「和さんの母親は、梶浦からも金を受け取っていました。社長に弱点をつくるために――」

わざと佐伯のもとに和を置き去りにした可能性が高い。――と、つづけられるはずだったろう七緒の声を、佐伯が強い口調で遮った。

「七緒！　いいかげんにしろ！」

七緒ではなく里玖がビクリッと肩を揺らすのを見て、佐伯が苦く口を歪《ゆが》める。七緒は涼しい顔で
「あの女の本当の子かどうかすら怪しいものです」と言い添えた。

「そんな……」

ひどい……と、口許を手で覆う。

和はいったいどんな気持ちで佐伯のもとに来たのだろう。自分がまるで物のように扱われていることに、気づいていたのだろうか。

「だから？　自分の本当の子じゃないから、捨てるんですか!?」

だから里子に出すのかと問う。否定してほしかった。

「あなたに社長を責める資格はないと思いますが？」

返したのは七緒だった。七緒は、佐伯の立場にとって、和の存在も里玖の存在も邪魔だと考えてい

るのだろう。

「でも……っ」

たしかに自分には、佐伯に何を言う資格もない。

でも和にはあるはずだ。この場にいない和の代わりに、和と一番近くに接してきた人間として、里玖は言葉を吐き出した。

「和くんは、侠介さんのことが大好きなのに！　侠介さんの邪魔になりたくないから、いらないって言われたくないから、あんな子どもらしくないほどにいい子で、ワガママ言いたいのに我慢して、本当はもっとお父さんと遊びたいのに我慢して……っ」

佐伯は、いい父親をしていたと思う。

最初から和が本当に自分の子か怪しいと考えていたのだとしたら、あそこまでできるのはすごいことだ。

でも、愛情の与え方を間違っている。

途中で放り出す気なら、最初から手を伸ばさなければいい。一度手を伸ばしたからには、最後まで守り抜くのが本当の愛情ではないのか。

「里親に引き取られれば、そんな我慢もしなくてすむようになる」

自分より、ずっと親らしい親に引き取ってもらえるように手配していると言われて、里玖はカッと頭に血を昇らせた。

「そういう問題じゃありません！」

「そういう問題だ！」

強い口調で遮られて、ビクリと薄い肩を揺らす。

想像以上に、佐伯の内に秘めた感情は激しかった。

「俺の本当の子かどうかなんて関係ねぇ。たしかなのは、佐伯を名乗る限り、あいつは幸せになんかなれねぇってことだ」

だから、それが間違っているのだ。

佐伯が、和を幸せにできないはずがない。和に選択権を与えれば、絶対に佐伯の傍にいたいと言うはずだ。

「……っ、侠介さんは？　侠介さんは幸せじゃなかったんですか？」

任侠団体のトップの子として生まれて、たしかに危険と隣り合わせの生活だったかもしれない。子どものころ、学生時代、理不尽な思いをすることも多かったろう。

でも佐伯は、家を継いだ。

そこには、父や祖父を尊敬する気持ちがあったからではなかったのか。世間がどう言おうと、佐伯にとっては立派な親で、その背を追って人生を決めるに足るだけの人物ではなかったのか。

佐伯は後悔したというのか？

極道者の子になど生まれなければよかったと、一度でも考えたことがあったというのか。理不尽なくやしさを、小さな胸に秘めて泣いた少年の日があったのか。震える拳に握り潰した青年の日があったというのか。

それでも、佐伯は組を継ぎ、自身の信念のもとに、今現在の組織の在り方に移行させたのではないのか？　そんな佐伯だからこそ、七緒も木嵜もほかの部下たちも、ついてくるのではないのか？

どうして幼少時の己に、和を重ねられないのだろう。

それとも、自分が選択できなかった道を、和には選ばせたいと考えてのことか？

だとしても、決めるのは和だ。佐伯が和の人生のレールの行き先まで、決めていいことにはならない。

「和くんは、侠介さんのことを本当の父親だと——」

「俺は三代目を継ぐべく育てられた。ガキんころも、親父に対して駄々を捏ねたりワガママを言ったりした記憶はねぇな」

「……っ」

「そういう世界もあるってことだ」

だから、和にどう接していいかわからなくて、あんな態度だったというのか？　自分に経験のないことだから、一緒に風呂に入ったり、絵本を読んでやったり、抱き上げて肩車をしてやったりといったスキンシップの仕方がわからなかったと……？

和に、自分のような親子関係を強いていいのか？　と、佐伯の目が尋ねている。

「それ、は……っ」

ヤクザ者の子だと烙印を押されて、社会から疎外されて生きることになるのは可哀想《かわいそう》だと、以前佐伯は言っていた。

だから手放そうというのか。

そんなのは、自己満足でしかない。

「だったら、守ればいいでしょう!?　身を挺《てい》して、守ればいいじゃないですか！」

今回だって、守ってくれると言った。

だから里玖は佐伯を信じた。

帰れと言われて悲しかったのは、愛情からくる言葉だとわかるがゆえに、突っぱねられない自分がいたからだ。

「簡単に言ってくれる」

佐伯が自嘲気味に吐き捨てる。

「自分がどんな目に遭ったか、忘れたわけじゃあるまい？」

忘れていない。でも、自分と和は違う。

「和くんは息子じゃないですか！　だったら……」

もしかしたら血は繋がっていないかもしれない。その場合、本来なら巻き込まれる必要のなかった危険に曝されるのは、不幸ではないのか。たとえ血が繋がっていたとしても、理不尽さは拭えないだろうに。

佐伯の心の声が、聞こえた気がした。皆まで言い切ることができなかった。

「……っ」

佐伯の不器用なやさしさが痛い。

佐伯をすっかり父親だと信じ切っている和を思うともっとつらい。

腫れぼったい瞼の奥が、また痛む。

泣きすぎてひりひりと痛む頬を、また涙が伝った。

ヒールの高い音が近づいてくる。

「里玖……！」

見つけたわ！　と伯母が重い荷物を肩に、小走りにやってきた。――が、里玖が泣いているのに気づいて、途中で足を止める。

はらはらと涙をこぼす里玖と、その里玖に細めた視線を向ける佐伯を交互に見やって、綺麗に整えた眉の間に深い渓谷を刻んだ。

伯母が口を開くより早く、進み出た七緒が、ビジネスライクに話をすすめはじめる。

「今回は大変ご迷惑をおかけいたしました。里玖さんの治療費と慰謝料については、のちほど弁護士をとおしてご連絡差し上げます。誠意をもって保障させていただきます」

冷淡にも聞こえる七緒の言葉を面白くなさそうに聞いて、伯母はひとつ長嘆。

「その件はお任せするわ」

当然、もらうものはもらうと、こちらはこちらで強い口調。

「でも、お金払ったら責任をとったことになるなんて、思わないでちょうだいね、佐伯社長」

七緒の肩越し、佐伯に嫌味たっぷりに声をかけて、伯母は里玖の腕を捕る。

「帰りましょう」

「伯母さま……っ」

小柄な伯母にすごい力でズルズルと引きずられて、その場から引き離される。

「どんなにスペック高くたってね、ロクデナシはロクデナシよ。もっと男見る目、養いなさい！」

「あ……の？」

——全部ばれてる？

伯母は、里玖が佐伯家でどんな生活をしていたのか、佐伯に抱かれていたことも、気づいているのだろうか。里玖の本当の気持ちまで？

「伯母さま……っ」

またボロボロと泣けてきて、里玖は手の甲で涙を拭う。

「ほんっとにバカな子ね！」

ちゃんとハンカチを使いなさいと、綺麗にアイロンのかけられたブランドもののハンカチを差し出された。

「う……ん」

反論のしようもなくて頷く。

「お昼何食べたい？　イタリアン？　フレンチ？　銀座でお寿司《すし》にしようかしらね、そーだ！　豪勢に牛鍋なんてどう？」

里玖の腕をぎゅっと抱いて足早に駐車場を横切る。里玖が「おいしそう」と頷くと、「よし！」と拳を上げた。

「浅草ね！　肉食うわよ！　肉！」

お腹が膨れれば、たいがいのことはどうでもよくなるものよ！　と綺麗に口紅の塗られた唇に笑みを刻む。伯母の明るさに、救われる気分だった。

「……うん」

伯母の愛車は真っ赤なジャガーのスポーツクーペだ。伯母らしいといつも思う。

牛鍋の老舗《しにせ》で個室に通されて、里玖は泣きながら伯母の気遣いの牛鍋を食べた。

ぐつぐつと煮える湯気を眺めているだけでまた涙が溢れて、自分はおかしくなってしまったのかもしれないと思った。

「おいしい……」と涙を拭う。

ちょうどよく火の入った肉を、伯母が里玖の取り皿によそってくれた。

5

幼いからといって、状況を理解する能力を持ち合わせていないわけではない。和は、物心ついたときには、自分の置かれた環境を正しく受け止め、理解していた。

もっと小さいときには、ぎゅっと抱きしめてくれるひとがたしかにいた記憶がある。でも、自分とどういう関係にある女性なのかはわからない。ただひとつたしかなのは、鏡に映る自分の顔と、よく似た顔の女性だった。それだけは、覚えている。

その人がいなくなって、派手な化粧の女のひとと一緒に暮らしはじめた。自分を佐伯という父親のもとに連れて行った女のひとだ。

やさしかった女性とどういう関係なのかはわからない。でも、愛されていないことはわかっていた。自分の父親だという人には、はじめて会った。

佐伯は、顔は怖いけれど、やさしい大人だった。でも、自分を持て余していることは、感じ取っていた。

どう接していいかわからないのだと思った。

だから、いい子にしていようと思った。

佐伯に嫌われたくない。面倒だと思われたら、きっとまたどこかへやられてしまう。

佐伯との、ほとんど会話もないぎこちない生活がしばらくつづいたあと、保育園への入園を機に、生活は激的に変わった。

――『小早川里玖といいます』

やさしい笑顔のお兄さんは、和がしたかったこと、してほしかったことを、全部叶えてくれた。里玖と暮らすようになってから、佐伯の態度も少しずつ変化しはじめた。

自分はここにいてもいいのだろうか？　ずっとここにいられたらいいのに……。そう思いはじめていた矢先の、青天の霹靂《へきれき》。

幼い和はそんな難しい言葉など知らないけれど、心情を端的に言い表すのなら、まさしくそんな気分だった。

「おまえに、新しいお父さんとお母さんができる」と、佐伯は言った。「もう二度と、あんな怖い目に遭うことはない」と、和の目を見もせず苦い声で吐き捨てた。

「もちろん幼稚園にも行かせてもらえる」「広い家にはゴールデンレトリーバーがいる。犬、好きだろう？」「ピアノも習わせてくれるそうだ」などなど……佐伯はあれこれ言葉を並べ立てるものの、そのどれも、和の心に響かない。

和の願いはひとつだけだった。あのマンションで、佐伯と里玖と三人で暮らしたい。

「ぼくがお父さんのほんとうの子どもじゃないから？」

震えながら、小さな手を膝の上でぎゅっと握って、尋ねた。

すぐに返答はなかった。

佐伯が背を向ける。

「そうだ」

低い声は、たしかに和の耳に届いた。

「……っ」

途端に、大きな目に涙がみるみると浮かぶ。ポロポロと涙が溢れた。

佐伯の横顔に浮かぶ苦さの意味までは、理解できなかった。密かに握った拳を震わせていることも、拳の内で食い込む爪が血に染まっていることも、理解できるはずもなかった。

「もうすぐお着きになられるそうです」

和は、ホテル内のレストランの個室に佐伯とふたりでいた。七緒という男の人が、携帯電話を手にやってきて、そう言った。

「おトイレ……」

涙を拭いながら、和は椅子を降りた。ついて来ようとする佐伯を、「ひとりでだいじょうぶです」と制した。

トイレに行くのではなく、反対側のエレベーターに乗った。

涙を拭いながら、佐伯に渡されたキッズケータイを取り出した。登録されている番号はふたつだけだ。佐伯のナンバーと、もうひとつは里玖のもの。里玖が、登録してくれた。

「おに…ちゃ……っ、おにいちゃん……っ」

助けて……と、救いを求める。

『和くん!?』

里玖の声を聞いたら、もはや涙が止まらなくなった。うえぇぇぇん！ と泣きじゃくる和を通話口越しにあやしながら居場所を聞き出した里玖が、ホテルのロビーの隅っこに隠れていた和のもとに駆けつけたのは、三十分ほど経《た》ってからのこと。和はすっかり泣き疲れて、目を真っ赤に腫らしていた。

「和くん……！」

やさしい温かい腕が、ぎゅっと抱きしめてくれる。

「いや…だよ、どこにもいきたくない……っ」

里玖にひしっとしがみついて、わんわんと泣いた。物心ついてから、こんなに泣いたのははじめてのことだった。

だって、以前の家では、泣いたら嫌な顔をされたから。里玖のように、ぎゅっと抱きしめてはもらえなかったから。

「お父さんと一緒にいたいんだね」と訊かれて、何度も何度も頷いた。

「おと…さん、と……おにぃ…ちゃ、といたいっ」

ぎゅむっとしがみついて、どこへもやらないで！　と懇願する。

「大丈夫、和くんをどこかへやったりしないよ」

里親になんて渡さないからねと、里玖が抱きしめてくれる。

ようやく安堵したのに、ホテルを出る前に追いかけてきた佐伯に捕まった。和のキッズケータイの電波を追ってきたのだと、佐伯が里玖に説明をする。

「和、戻るぞ」

佐伯の命令に、和は首を横に振った。

ここにいたいと主張するように、里玖にしがみつく。

「和」

「いやです」

佐伯の口許が苦く歪む。一歩後ろで、七緒が眼鏡のブリッジを押し上げた。

「だったら、僕にください」

里玖が、佐伯に訴える。

「……なに？」

佐伯が怪訝そうに眉根を寄せた。

「里子に出すというなら、僕が親でもいいでしょう？」

会ったこともない誰かに和を渡すくらいなら、自分でもいいではないかと無茶を言う。未婚の里玖は里親にはなれないが、そんなことは知ったことではない！　と里玖は強気だった。

「母親がいない」

「父親役も母親役も、僕が両方します！」

「働きながらどうやって育てる？」

「伯母にも手伝ってもらいます！」

「働き先は？」

「……っ、探します、ちゃんと！」

「やってもいないことの濡れ衣《ぎぬ》を着せられてクビになっているようなお人好しに、とても社会人が務まるとは思えん」

里玖が前職をクビになった経緯だった。

「ど、どうしてそれを……」

なぜ佐伯がそんなことまで知っているのだ。

「しかも、ピンピンしている子どもの慰謝料までふんだくられて、借金だ？　世間知らずにもほどがあるだろ」

「……え？」

それはどういうこと？　と里玖が目を丸くする。そこへ、ようやく追いついたわ……と、里玖の伯母がヒールを鳴らしてやってきた。伯母の事務所にいるときに、和からの電話を受けたらしい。

「伯母さま、僕、和くんのパパになります！」

助けてくださいね！　と里玖が話を向けると、伯母は唖然とした顔で「は？」と返した。「え？　今度は孫？」などと、わけのわからないことを言ったあとで、コホンとひとつ咳払い。そして、腕組みをする。

「坊やの意見は聞いたの？」

しごくまっとうなことを言われて、里玖は和の顔を上げさせた。

「和くん、言って」

さっきは言えたでしょう？　と促す。佐伯のまえで、ちゃんと自己主張をするのだ、と。

「でも……」

自分は佐伯の本当の子ではないかもしれないのだ。なのに、ここにいたいと言ってもいいのだろうか。佐伯を困らせたら、今度こそ捨てられてしまうのではないか。

逡巡《しゅんじゅん》を見せる和を、里玖のやさしい笑みが後押しした。

「大丈夫だよ。言っていいんだよ」

さあ、と促されて、和はぎゅっと拳を握った。

「ここに、いたい」

佐伯を見上げて、今度はきっぱりと言う。

「ここにいたい！　お父さんとお兄ちゃんと三人でくらしたい！」

どこにも行きたくない。本当の父親なのかなんて、どうでもいい。和にとっては、もはや佐伯が父親なのだ。

「ずっと、いっしょにいたい！」

大きな瞳に、涙が滲む。

佐伯の三白眼が、ますます人相悪く眇められた。——が、里玖はおろか和すら怯えない。ふたりしてじっと佐伯を見つめる。頷いて、いいよって言って、と訴えるかのように。

「ひとまず場所をかえたらどうかしら？」

三つ巴で睨み合うように動かない三人を制したのは、周囲を冷静に観察した伯母の指摘だった。

ここはホテルのロビーだ。片隅とはいっても、人目は多い。

七緒は、上階のレストランに、さっそくキャンセルの電話を入れはじめる。もう一本は、訪れるはずだった和の里親候補への謝罪の電話のようだった。

「和くんのことが解決しても、あんたの問題が残ってるんだから、これ以上の修羅場で衆人環視に曝されるのはごめんだわ」

「修羅場、って……」

伯母の指摘に里玖が慌てる。

「牛鍋食べながらボロボロ泣いたのはどこの誰？」

「お、伯母さまっ」

「この子、いまさら返品されても困るわ。責任取ってって、言ったじゃないの」

佐伯に向かって、酷い言い草。

「それとも、責任取る気もないのに、傷ものにしたってての？」

さすがは女性企業家として数々の修羅場を潜り抜けてきているだけのことはある。伯母の纏う迫力は、佐伯に負けていなかった。

「私、明日も仕事だから帰るわ。そっちのあなた、私の車に積んであるこの子の荷物、移動させてくれるかしら」

七緒に命じる。

勝手に話が進められはじめて、佐伯が苦い顔で舌打ちした。

「和、来い」

手を差し伸べられて、和はおずおずと佐伯の大きな手をとった。ひょいっと、まるで仔猫《こねこ》を抱くかのように、佐伯が和を抱き上げる。そして、大きな手が頭を撫でた。

「あとから、やっぱり普通の家の子になりたかったなんて文句は聞かねぇぞ」

低い声が確認する。「うん！」と頷くと、「はい、だ」と訂正された。佐伯家の男になるからには、躾は厳しくすると言われる。

「はい！」

はきはきと言い直した。

佐伯がそうしろというのなら、和はそうする。

ホッと安堵の表情を見せる里玖を、和を抱くのとは逆の腕で、佐伯が抱き寄せる。里玖は驚いた顔で佐伯を見上げた。顔が真っ赤だ。

「おまえも来い」

「……え？　あの……」

里玖が伯母に助けを求めても、ニッコリ微笑まれるだけ。

「いっそ幸せになってもらわないと、私、あの世にいったときに、あんたのママに殺されるから」と手を振って見送られる。

和は手を振り返したけれど、さらに全身真っ赤に染めた里玖は、気恥ずかし気に俯いて長い睫毛を震わせるばかりだった。


佐伯家に連れ帰られて、最初に里玖がさせられたのは、あろうことか夕食の準備だった。

冷蔵庫内にあるものでいいと言われて、ひとまず炊き立てのごはんと具沢山のお味噌汁、蓮《ハス》のきんぴらをつくり、主菜は冷凍してあった豚肉を解凍してつくった生姜《しょうが》焼き。

本当にあり合わせの夕食だったけれど、和は終始ご機嫌で、ご飯をおかわりした。佐伯は珍しく日本酒を出してきて、おかずを酒の肴《さかな》につまむ。

里玖も相伴にあずかった。精米歩合の高いクリアな酒は喉越しがよく、香り豊かで美味しかった。本当にいい酒は、呑めない人間でも呑めるものなのだと教えられる。

里玖が夕食後の後片付けをしている間に、佐伯が風呂の準備をしてくれた。

後片付けの最後、テーブルを拭いていると、「行くぞ」と腕を捕られる。

「え？」

「風呂だ」

「……はい？」

和を片腕に抱き上げた佐伯に引きずられ、三人で風呂に入ろうと誘われているのだと気づく。

「和、今日は俺が髪を洗ってやる。おまえは背中を流せ」

「はい！」

和が嬉しそうに、佐伯の首にぎゅっと縋った。佐伯もまんざらでもない顔で、和の頭を撫でる。

明るいところで、自ら衣類を脱ぐのは恥ずかしかったけれど、和に構うことでどうにか誤魔化す。

このマンションの風呂は広いから、三人で入っても充分すぎる余裕がある。

和の髪をはじめて洗う佐伯の手つきがあまりにもおぼつかないので、里玖はシャンプーハットを持ち出した。ひとつひとつ丁寧に佐伯にレクチャーしながら、和の髪を洗い、身体を洗う。佐伯の広い背は和には洗い甲斐があるようで、小さな手でタオルを懸命に動かしていた。

風呂場で髭《ひげ》を剃る佐伯を、和が不思議そうに見ている。その横で里玖は、ところどころ青痣《あざ》になった白い肌を丁寧に洗った。

こめかみの絆創膏は、佐伯家についた時点で、家事をやるのに邪魔でとってしまった。実際たいした傷ではなかったから問題はない。

和を抱いて、佐伯が湯に浸かる。里玖が向かい合わせに身体を沈めようとしたら、腕を引かれて、広い胸に抱き込まれた。肌と肌が密着して、恥ずかしくて困る。

湯の中で三人くっついて、アヒルさんで遊ぶ和を真ん中に、まどろむ。佐伯は、遊ぶ和と里玖を愉快げに眺めているだけだが、その腕の中にあることで、和も里玖も安心できるのだ。

和が逆上《のぼ》せかかるまで長湯してしまったのは、三人でまどろむ時間が楽しかったから。和は結局、ふたりに助けられながら、百まで数えた。

腰にタオルを巻いただけの恰好で、佐伯が眠気を訴えはじめた和を子ども部屋に運んでくれる。そのあとを、ガウンに袖を通しながら、里玖が追いかけた。

ふたりで協力して船をこぎはじめた和にパジャマを着せ、濡れた髪を拭う。

今日は絵本を読み聞かせてやる必要はなかった。ベッドに入った途端に、和はこてんっと寝入ってしまう。もっと遊びたいのに……と、ぐずる間もなかった。


和の存在がなくなると、とたんに間がもたなくなった。

妙に気恥ずかしくて、とにかく着替えようと自室のドアに手をかけると、それを止められる。

「侠介さ……っ」

引き寄せられ、裸のままの広い胸に抱き寄せられた。

「僕のこと、調べてたんですね」

おずおずと広い背に腕をまわす。咎められることはなかった。

「和をあずけるんだからな。悪いが身辺調査はさせてもらった。だが、和を任せようと決めたのは、もっとまえだ」

「……え？」

まえ？　と問う視線を上げる。

「和をあずける保育園か幼稚園を探していたんだ。偶然、あんたを見かけて、あんたにあずけたいと思った」

なのに、その直後に里玖が退職してしまって焦ったと苦笑される。クビになったときのことだ。

「そうだ！　慰謝料のこと……」

「おまえから子どもの治療費だと嘘をついて慰謝料ふんだくった親の件は、弁護士に任せておけばいい」

すでに手配済みだと言う。

やっていいことと悪いことがある、と佐伯が憤りを見せる。

「じゃあ、一生残るような怪我じゃ……」

「たんなる擦り傷だ。それを大騒ぎして、園からもいくらかぶんどったらしいな」

性質の悪い親もいたものだと吐き捨てる。

だが、とうの里玖が「よかった……」と安堵の息をつくのを見て、呆れた眼差しを落としてきた。

「お人好しが過ぎるぞ」

伯母にああまで言われるわけだと長嘆を零す。

「でも、一生なおらない怪我を負うよりは、何もなかったほうが……」

小さな子どもなのだ。障害が残らなくてよかった。

「ありゃあ立派な詐欺だ！　保育園もその親も、訴えるネタならいくらでも——」

「やめてください！」

そんなことしなくていいから！　と、佐伯の胸元に縋った。

「金は取り返すぞ」

「もういいんですっ」

里玖は引かないのを見て、佐伯が嘆息する。

「月々の慰謝料はなかったことにさせる、いいな」

里玖の返答に呆れを深めながら、佐伯がこれ以上は譲れないと強い口調で言う。里玖は「はい」と頷いた。

「……ったく、その若さで里親になるとか……もう少し後先考えて発言しろ」

「だって、それは……っ」

佐伯を責める言葉は出てこなかった。

かわりに、確かめたいことを確かめさせてもらう。

「僕がいたから、伯母さまの会社にハウスキーパーを依頼したんですか？」

里玖が以前に勤めていた施設に和を入園させるつもりでいたら里玖がクビになってしまって、しかたなく里玖の所在を探して伯母の会社にいきつき、里玖が派遣されてくるように条件を絞って人材派遣を依頼した？

「おまえを指名して依頼した」

「……伯母さま、そんなことひと言も……」

「口止めしておいたからな」

可能なら、佐伯の仕事の件とか、元極道であることとか、何も話さずにすむならそうしたいと思っていた。だから、あれこれ質問のきっかけになるような情報を与えないほうがいいだろうと、里玖の伯母に口止めをした。

伯母のほうは、里玖がクビになったばかりだったのもあって、前職に触れることは話さないほうがいいと判断したらしい。

「じゃあ、あんなことしたのは……」

うっかり呟いてしまって、カッと頬に朱が昇る。

佐伯が、口許に苦い笑みを浮かべた。

「ハウスキーパーだからって、誰でも手を出してるわけじゃない」

素人に手を出したことなどはじめてだと告白された。

「迷いがないから、そういうのOKな人間に見られたのかと思ってました」

ハウスキーパーの仕事にベッドの相手まで含まれるわけがない。だから、自分を見て判断したのかと、ちょっとショックだったのだ。

「慣れてそうに見えたのか、って？　ありえないだろ」

「……!?　どうせ……っ」

ロクな経験もなかっただろうと言われて、事実だけに余計に腹が立つ。

だから、佐伯の手管に簡単に流されて、はじめてなのに感じてしまって、二回目以降も拒めなくて、あっという間に心まで持ち去られてしまった。

なんだか理不尽だ……と口を尖《とが》らせる里玖の鼓膜に、信じがたい吐露が落とされる。

「一目惚《ぼ》れだった」

「……えっ!?」

訊き間違いかと思ったが、佐伯の三白眼が泳いでいて、聞き間違いではないと理解した。

「いい歳してマジかと思ったぜ。しかも男だ。勃《た》つもんかと思ってたのに、おまえがあんまり無防備だから……」

途中で言葉を切ったのは、下から見上げる里玖の視線が不服な光を宿していると気づいたためだろう。

「……だから？」

追及の手はゆるめない。

佐伯の三白眼が、困ったように眦を下げた。

「暴走した」

ぼそっと、呟く。

そうして「悪かった」と、最初の夜、合意のないまま押し倒したことを詫びてくれる。

「気紛れに抱いたわけじゃない。本気で、責任をとるつもりで抱いた」

だったら最初にそう言ってくれたらよかったのに……と思ったが、押し倒されたうえいきなりプロポーズなどされていたら、それこそ本気で逃げ出していたに違いない。

「ここで、和と三人で暮らさないか」

「俠介…さん？」

「今度こそ、何を賭しても守る。和も、おまえも」

守ると言って守れなかった。だから手放そうとした。けれど、本当の愛情はそうではないと里玖に気づかされた。

何を賭しても守る。だからついてこいと言われる。

「な、なんか……プロポーズみたい……」

熱くなる頰を隠すように視線を彷徨《さまよ》わせる。

「そのつもりだからな」

佐伯はサラリと言い放った。

「……は？」

啞然とする間に腕を引かれ、佐伯の部屋に連れ込まれる。バーカウンターの上に置かれていたものを佐伯が取り上げる。

説明もなにもないままに、左の薬指に、ひんやりとした金属の感触。——指輪だった。

「……」

絶句するあまり、言葉もないまま指にはめられたものを見つめてしまう。

「……OKしてません」

プロポーズにOKしてないのに、その前に指輪をはめられてしまった。しかも佐伯は、自分の左薬指に、同じデザインのリングを自分ではめてしまう。

「あぁ……!?」

なんで自分にやらせてくれないのかと、大きな手に縋っても遅かった。情緒というものがなさすぎる。

「侠介さん、ひどい！」

責めると、三白眼が眇められる。

「いやなのか？」

睨むように訊かれて、「そういうの、恫喝《どうかつ》っていうんですよっ」と、焦って返した。

「恫喝？　成り立たないだろ？」

「な、なんでですかっ」

「おまえは俺を怖がってない」

最初こそビクついていたものの、今ではすっかり慣れているではないかと言われて、そういえば……と三白眼を見上げた。

「……ですね」

なんだかつまらない気持ちで呟く。

もっと佐伯を困らせたい気分なのに、できないなんて。これまで好き勝手されたぶん、お返ししたいのに。

「てことで、ＯＫでいいな」

「わ……っ」

片腕で容易くベッドに放られた。

ガウンの裾が乱れて、白い脚が露わになる。慌てて掻き合わせてもムダだった。

「ＯＫしてな……っ」

プロポーズはともかく、こっちは……。もちろん里玖だって、嫌なわけではないけれど、でももうちょっと情緒とか雰囲気とか、考えてほしい。

「自分の女を抱くのに許可はいらないだろ」

「横暴すぎですっ」

それに自分は女じゃない！　と嚙みつく。さらに「そういうやり方は嫌ですっ」と面と向かって主張した。

佐伯が難しい顔で「そんなに嫌なのか？」と確認をとってくる。

その顔が、揶揄《からか》っているわけではなく、本気で戸惑っているものだとわかって、里玖は溜飲《りゅういん》を下げた。

「やさしくしてくれるなら、いい…です」

嫌じゃない、と俯き加減に返す。

流されているような気がしなくもないけれど、でも佐伯のことが好きなのは間違いないし、プロポーズも嬉しかった。

「最初から、やさしかったろうが」

ひどくした覚えなどないと言いきられて、少し面白くない気持ちで里玖はのしかかる男を見上げる。

「……おぼえてません」

尖らせた唇に、軽く落とされるキス。数度啄まれただけで、拗《す》ねていた気持ちまで蕩かされる。

「……んっ」

しっとりと合わされる口づけの心地好さに、四肢から力が抜ける。

「愛してる」

甘く耳朶に囁かれ、力強く抱きしめられて、それだけで果ててしまいそうだった。

思考が沸騰して、半ばパニクった結果、里玖の口から飛び出したのは、思いがけない言葉。

「ふつつかものですが――」

よろしくお願いしますと、逞しい首に縋る。

すぐ間近に、佐伯の唖然とした表情。自分が何を言ったのか自覚のない里玖は、きょとりと小首を傾げる。

ツボに入った佐伯が、里玖の上で笑い崩れた。

「侠介さん？　ひどいっ」

広い背を、ぽかぽかと殴りつける。

「最高の嫁だ」

和にいいママをつくってやれたと不遜《ふそん》な声が間近に呟く。反論を紡ぐために開きかけた唇は、今度こそ深い口づけに塞がれて、あとは甘ったるい吐息に喘ぐばかりにさせられた。


それほど時間が空いたわけでもないのに、抱き合うのはすごく久しぶりに感じた。そのせいもあって、里玖は瞬く間に蕩かされてしまう。

「や……ぁあっ、……ぁあっ！」

前しか触られていないのに、蕩けてヒクついていた場所にいきなり強直を埋め込まれても、悲鳴を上げはするものの、肉体はすっかり受け入れていた。

「久しぶりなのに、やわらかいな」

どういうことだ？　と佐伯が耳朶に意地悪く問う。

「知ら…なっ、ひ……っ」

ズンッ！　と突き上げられて、背が撓った。後背位のほうが身体への負担は少ないけれど、やはり里玖は、正面から抱き合う体位が好きだ。

最初は怖かった佐伯の視線も、今は熱いばかりで、もっと睨んでほしいと思ってしまうほど。

佐伯自身も、いつもより熱い気がした。

常に精力的で里玖をふりまわし、翻弄するばかりの佐伯だけれど、今日は少し余裕がない気がする。

佐伯をそんなふうにさせているのが自分だとしたら、ちょっと嬉しい。

「侠介…さ、んっ」

逞しい首にひしっと縋ると、埋め込まれた屹立《きつりつ》が、里玖の感じる場所を容赦なく抉りはじめる。

「は……あっ！　激…し、……待……っ」

もうすこしゆっくり……と訴えると、今度はそれを逆手に取られる。

「ん？　もっとじっくりがいいのか？」

じっくりねっとりと苛められたいのかと言われて、そうではないと首を振るものの、佐伯が腰を止めて、またも悲鳴を上げる羽目に陥った。

「や……っ、どうし…て……っ、……ひぃっ！」

硬い切っ先で感じる場所を抉られる。ねっとりと責めたてられて、里玖は淫らな啼き声を上げた。

「ひ……っ、あ……ぁんっ！　ひ……んんっ！」

じれったさが、やがて拷問になる。

ゆっくりと抜き挿しされて、はじめこそ甘い声を上げていた里玖だったが、やがてそれは啜《すす》り泣きに変わった。

「も……無理……いや…ぁっ」

おねがい許して……と、佐伯に縋る。

里玖の泣き顔を堪能しながら、佐伯は啄むキスを落としてくる。それすらも刺激になって、里玖は細腰を揺らした。

「あ……ぁっ、んふっ、ひ……ぃっ！」

前からはしとどに蜜が溢れてはいるものの、弾けてはいない。だというのに里玖の痩身は、ビクビクと跳ね、小刻みに肌を震わせて、絶頂の反応を見せる。

「……っ」

さすがの佐伯も、低く呻《うめ》いた。

佐伯自身を奥深くまで咥え込んだ場所が、淫らに戦慄く。きつく絞り上げるように佐伯自身にまとわりついて離れない。

「は……ぁっ、……っ」

半開きの唇から、里玖はか細い喘ぎを零しつづける。たしかに達したはずなのに、あとからあとから喜悦が溢れて止まらない。

「や……なん、で……っ」

怖くなって、里玖はぽろぽろと涙を零した。佐伯がそれを舐めとってくれる。

「ドライでいったのか」

愉快そうな、満足げな声だった。「なんてぇ身体だ」と、呟くのを聞いて、里玖は大きな瞳に涙を溜める。

「泣くな」

「だ…って」

自分はどうしてしまったのか、わからなくて不安になる。佐伯に飽きられたら、もう行き場所がないというのに。

「バカ、感動してたんだ」

「うそ」

「嘘なもんか。初心なのに身体はいやらしいなんて、最高じゃねぇか」

サイテーなことを言われて、里玖の蕩けていた思考が瞬間働きを取り戻した。

「侠介さんっ！」

縋った肩にギリリッと爪を立てる。

「痛って」

なにをする！　と睨まれても、もう怖くもなんともない。大好きな気持ちが溢れてくるばかりだ。

「いたずらっ子には、お仕置きが必要だな」

愉快そうにニンマリと笑われる。

そんな顔は、ベッドの上でしか見たくない。

「ひ……っ！」

放埒の余韻に震える痩身を、広い胸に引き上げられる。下から一気に貫かれた。

「ひ……ぁっ！」

逞しい腹筋に手をつく恰好で、自分で腰を振れと促される。

「や……んっ、あぁっ！　い……ぃっ」

淫らに細腰を蠢かし、佐伯を貪る。ついこの間まで無垢《むく》だった白い肉体は、今は淫靡《いんび》な薄桃に染まって、男を煽りつづける。

「里玖」

甘い声が耳朶を擽る。そうされると、ゾクゾクと背筋を悪寒が突き上げてきて、果ててしまいそうになる。

「あ……んんっ！」

甘ったるい声、淫らに揺れる腰と無防備に曝される白い喉。

「気持ちいいか？」

耳朶を食む唇の感触と、鼓膜を擽る甘い声。

「気持ち…い……っ」

すごく気持ちいいと、頬をすり寄せ、広い背に縋る。

「ずっと、こうして…て……」

もう放さないでと、情欲に染まった思考が、冷静なときには言えない懇願を紡いだ。

「里玖……」

驚きと感動の混じった声。

「……んんっ！」

噛みつくように口づけられて、広い背を抱き、懸命に応える。

「好き……大好き……」

譫言《うわごと》のように紡いだ愛の言葉はつたなくて、でも里玖の精いっぱいだった。

「バカ……煽るな」

佐伯が切羽詰った声を落としてくる。

内部を穿つ強直が、ますます凶暴さを増した。

「ひ……んっ！」

やがて喘ぐ声すら出なくなるほどに揺さぶられ、何度目かの頂へと追い上げられる。

身体はくたくたなのに、心がもっともっとと求めて、抱きしめる手を放せなかった。

明日も和にお弁当をつくってやらないといけないのに、朝は早いのに、わかっていても、止まらなかった。

寝坊したら、佐伯にも一緒に謝ってもらおう。

そんなことを考えながら、里玖はカーテンの隙間から朝陽が射し込む時間まで、甘い声を上げつづけた。

佐伯が、里玖の名誉挽回《ばんかい》に奔走してくれたおかげで、一度は閉ざされた保育士の道が、また開かれた。再就職のアテが見つかったのだ。

だが、佐伯の心遣いは嬉しいものの、里玖は、しばらくは主夫業に専念したいと申し出た。佐伯は、好きにしたらいいと受け入れてくれた。

せめて和が小学校に上がるまでは、使える時間は和と佐伯のためだけに使いたいと思ったのだ。

佐伯のマンションに完全に引っ越しをすることになって、諸々《もろもろ》の手つづきのためにやってきた七緒には、「姐《あね》として会社の仕事を手伝っていただく手もありますが？」などと、冗談なのか本気なのかわからないことを言われたが、里玖は「ご冗談を」と受け流した。

自分には無縁の世界だ。

門外漢の自分が下手にかかわることで、佐伯の不利に働くことがないとはいえない。いや、その可能性のほうが高い。佐伯に求められれば考えるが、七緒や木嵜が何を言ったところで、里玖は考えを変える気はなかった。

和に関しては、佐伯は自分の仕事を隠さず見せるつもりでいると言っている。そのうえで、和の将来は和自身が選べばいいというのが彼の考えだ。佐伯自身、祖父からも父からも、同じように言われたのだという。

結局、和のＤＮＡ鑑定はしていない。

血の繋がりがあろうがなかろうが、佐伯と和はもはや親子だ。最初に佐伯が和をわが子として受け入れ、和も佐伯を父と信じた。それこそが真実だと言った佐伯の言葉に、里玖は感動したのだ。だから、里玖もそれでいいと思っている。

法的に、本当の親子、家族になる手はいくらでもある。けれど、そういう問題ではない。大切なのは、そこではないのだ。


今朝は、特別な日だ。

和の両手が塞がっている。片方はいつもどおり里玖が握っている。もう片方は、佐伯が——和の父が握っているのだ。

朝食のときだった。里玖が「一緒にいきましょう」と、佐伯を誘ったのだ。和を一緒に保育園に送って行こうと、それまでかたくなに佐伯が拒んできたことを、させようとする。

和はドキドキと佐伯の返答を待った。

どうして保育園では里玖が和のパパのふりをするのか、ちゃんと理解している。でも和は、本当は隠したくなかった。佐伯は素敵なお父さんだ。

「そんな仏頂面してたら、本当に怖がられますよ」

黙っていても強面なのに……と、里玖が容赦なく指摘する。佐伯が、言われなくてもわかっていると吐き捨てた。

「だからおまえがひとりでいけばいいと言っているだろう」

自分などが和を送っていって、母親たちが怯えたらどうするのかとブツブツと言い募る。里玖は「大丈夫です」と取り合わない。

「だって、和くんはお父さんと行きたいよね？」

「はい！」

和は大きく頷いた。

「……」

佐伯が渋い顔になる。

「侠介さん、笑顔笑顔」

「無茶をいうなっ」

小声で吐き捨てる佐伯が緊張しているだけであることを、里玖は見抜いていた。だから、それをほぐそうとしていたのだ。

そうこうしている間に、保育園の門の前についてしまう。

足どりの重い佐伯を、和と里玖とで引きずるようにして門に辿り着く。和のクラスの担任の先生が、「おはようございます！」とあいさつしてくれた。

園長はというと、佐伯に気づいた途端、青くなって目を逸らしてしまう。

例の事件もあって、今後は寄付の無心もなくなるだろう。もちろん、佐伯の素性について、言及されることもない。

佐伯が指摘したのは、アルバイトであっても、保育士の雇用にはもっと注意を払え、ということだけだった。

あのときの若い保育士は、梶浦組に買収されていたのだ。

なんのためにそんなことを頼まれたのかすら考えなしに、チンピラを保育園の敷地内に入れたらしい。保育士として倫理観に欠けるとしか言いようがない。普通はありえないことだ。

そんなことが保護者にばれたが最後、この園は終わりだ。だがそこは、佐伯の会社のセキュリティシステムを導入させ、さらにバージョンアップも図ることを条件に、佐伯は口を噤んだ。佐伯のおかげで首の皮一枚が繋がった恰好の園長には、もはや何も言えないだろう。

園長に構わず、里玖は「忘れ物ないね」と和を送り出す。

「気をつけてな」

佐伯がようやく、口許に笑みを刻んだ。

そういう表情をすると二枚目が五割増しになる、と里玖がなぜかつまらなそうに呟いているのを、和は聞いたことがある。

「こちらは？」

和の担任が佐伯の素性を確認したのは、当然の職業倫理だった。ここでは和のパパは里玖だということになっているのだから当然だ。今さら実は佐伯が実の父でした、というわけにもいかないだろう。

「えっと……」

そこまで考えていなかったのか、里玖が言い淀む。

その向こうで、同級生のママたちが「和くんパパと一緒にいる男性、何者かしら？」などと、興味津々と噂話をしている。

和なりに、フォローの方法を考えた。今後、里玖にも佐伯にも、お迎えをしてもらえるように。

「パパ」

握った佐伯の手を引っ張る。

「ママ」

里玖の手を引っ張った。

「……」

里玖の大きな目が、ますます大きく見開かれる。

真っ赤になった里玖が悲鳴を上げるより早く、背後のママ軍団が「ぇぇぇぇぇ〜〜〜〜っ！」とピンク色の声を上げた。

「ち、ちがいますっ、そういうんじゃなくてっ」

ママたちに必死にいいわけをする里玖の後ろ、和の手を引いた佐伯がしゃがみ込んで、和に耳打ちしてきた。

「わざとか？」

訊かれた和は、「なにが？」と小首を傾げる。それを見た佐伯が、呆れた長嘆を吐き出した。

「恐ろしいガキだぜ」

呟いたあとで、こう付け足す。

「佐伯の血は濃いな」

和は、長い睫毛を瞬いた。大きな手がやわらかな髪をくしゃりと混ぜる。

腰を上げた佐伯が、真っ赤になってしどろもどろ状態の里玖の腰を抱いた途端、騒がしかったママ集団が静かになった。

あとがき

こんにちは、妃川螢《ひめかわほたる》です。

拙作をお手にとっていただき、ありがとうございます。

今回久しぶりに極道モノ（……と言ってしまっていいのかな？）を書きました。いっとき、ＢＬ業界の右を見ても左を見ても極道モノばかり……という時期がありましたが、昨今はそれほどでもないのかな？

かく言う私も山ほど書いていましたが、設定やネタというのは、その時期その時期、読者さまのお好みの変化によって、流行というのがあるのですね。その流行すら細分化されて多種多様に展開されているのが、昨今の業界事情のようです。

私個人的には、受けキャラの尻に敷かれまくったヘタレ攻めや座布団攻めが大好物なのですが、最近は最初から最後までちゃんとカッコいい攻めキャラ（つまりは最後にヘタレない攻めキャラ）を求められることが多くて、これも流行りなのかなぁ……と思いながら書いています。

そんなわけで、今回はお人好しな受けキャラに実はメロメロながら、一応最後まで主導権を握って終われる大人な攻め様を書かせていただきました。

え？　「すっかり尻に敷かれてますが？」って？　……そうですか？　……そう見えます？　……目の錯覚だと思ってください(笑)。

でも、各社担当様からの「最後までヘタレないカッコいい攻め様でお願いします」というリクエストは、とくに最近よくいただくのですが、ということは、そう念押ししておかないと妃川の書く攻めキャラはすぐにヘタレる！　と思われているってことですよね？(笑)……そんなにたくさん書いたかなぁ……ヘタレ攻め(笑)。


イラストを担当してくださいました北沢《きたざわ》きょう先生、お忙しいなか素敵なキャラたちをありがとうございました。

もう、とにもかくにも和《かず》くんが可愛くて……！　表紙の里玖《りく》とのツーショットに萌えさせていただきました。佐伯《さえき》さんも充分すぎるほどにカッコいいのですが、可愛いふたりにすっかり持っていかれてしまいました(笑)。

ご多忙とは存じますが、またご一緒できる機会がありましたら、そのときはどうかよろしくお願いいたします。

妃川の今後の活動情報に関しては、ブログをご参照ください。
http://himekawa.sblo.jp/

Twitterアカウントもあるにはあるのですが、システムがまったく理解できないまま、ブログ記事が連動投稿される設定だけして、以降放置されております。いただいたコメントを読むことはできるのですが、それ以外の使い方がさっぱり……。

決してデジタルに弱い人間ではないと自負しているのですが、どうにもTwitterだけは相性が悪いようで、まったくもって使いこなせません。

そんな状態ですが、ブログの更新のチェックには使えると思いますので、それでもよろしければフォローしてやってください。

無反応に見えても、返し方がわからないだけなのだな……と、大目に見てくださいね。

@HimekawaHotaru

皆様のお声だけが執筆の糧です。ご意見ご感想等、気軽にお聞かせいただけると嬉しいです。

それでは、また。

次作でお会いしましょう。

二〇一六年二月吉日　妃川螢

シチリアの花嫁

しちりあのはなよめ

妃川 螢

イラスト：**蓮川 愛**

本体価格870円+税

遺跡好きの草食系男子である大学生の百里凪斗は、アルバイトをしてお金をためては世界遺産や歴史的遺跡を巡る貧乏旅行をしている。卒業後は長旅に出られなくなるため、凪斗は最後に奮発してシチリアで遺跡めぐりをしていた。そのとき、偶然路地で赤ん坊を保護した凪斗は拉致犯と間違われ、保護者である青年実業家のクリスティアンの館につれていかれてしまう。すぐに誤解は解けほっとする凪斗だったが、赤ん坊に異様に懐かれてしまった凪斗はしばらくクリスティアンの館に滞在することに。そのうえ、なにかとクリスティアンに構われて、凪斗は彼に次第に想いを寄せるようになる。しかしある日、彼には青年実業家とは別の顔があることを知り…。

リンクスロマンス大好評発売中

ゆるふわ王子の恋模様

ゆるふわおうじのこいもよう

妃川 螢

イラスト：**高宮 東**

本体870円+税

見た目は極上、芸術や音楽には天賦の才を見せ、運動神経は抜群。そんな西脇円華だが、論理はからっきし、頭の中身はからっぽのザンネンなオバカちゃんである。兄のように慕っている元家庭教師・桐島玲の大奮闘のおかげでどうにかこうにか奇跡的に大学に入学できた円華は、入学前の春休みにバリのリゾートホテルで余暇をすごすことに。そこで小学生の頃タイで出会い、一緒に遊んだスウェーデン人のユーリと再会するが…。

マルタイ ーＳＰの恋人ー

まるたい ーえすぴーのこいびとー

妃川 螢
イラスト：**亜樹良のりかず**

本体価格 855 円+税

来日した某国首相の息子・アナスタシアの警護を命じられた警視庁ＳＰの室塚。我が儘セレブに慣れていない室塚は、アナスタシアの奔放っぷりに唖然とする。しかも、彼の要望から二十四時間体制で警護にあたることに。買い物や観光に振り回されてぐったりする反面、室塚は存外それを楽しんでいることに気付く。そして、アナスタシアの抱える寂しさや無邪気な素顔に徐々に惹かれていく。そんな中アナスタシアが拉致されしまい…。

リンクスロマンス大好評発売中

鎖 ーハニートラップー

くさり ーはにーとらっぷー

妃川 螢
イラスト：**亜樹良のりかず**

本体 855 円+税

警視庁SPとして働く氷上は、ある国賓の警護につくことになる。その相手・レオンハルトは、幼馴染みで学生時代には付き合っていたこともある男だった。しかし彼の将来を考えた末、氷上が別れを告げ二人の関係は終わりを迎える。世界的リゾート開発会社の社長となっていたレオンハルトを二十四時間体制でガードをするため、宿泊先に同宿することになった氷上。そんな中、某国の工作員にレオンハルトが襲われ―?

この本を読んでの
ご意見・ご感想を
お寄せ下さい。

〒151-0051
東京都渋谷区千駄ヶ谷4-9-7
(株)幻冬舎コミックス　リンクス編集部
「妃《ひめ》川《かわ》 螢《ほたる》先生」係／「北《きた》沢《ざわ》きょう先生」係

リンクス ロマンス

三代目の嫁

2016年2月29日　第1刷発行

著者……………妃《ひめ》川《かわ》 螢《ほたる》
発行人…………石原正康
発行元…………株式会社　幻冬舎コミックス
〒151-0051　東京都渋谷区千駄ヶ谷4-9-7
TEL 03-5411-6431（編集）
発売元…………株式会社　幻冬舎
〒151-0051　東京都渋谷区千駄ヶ谷4-9-7
TEL 03-5411-6222（営業）
振替00120-8-767643
印刷・製本所…株式会社　光邦
検印廃止

ISBN978-4-344-83596-2 C0293
Printed in Japan

幻冬舎コミックスホームページ　http://www.gentosha-comics.net

本作品はフィクションです。実在の人物・団体・事件などには関係ありません。